_____의

상황이 지금보다

나아졌으면 해서

나아졌으면
······해서

나아졌으면
······· 해서

지
금
보
다

강선재 지음

시간을 거스르면 벌써 2년 전의 이야기가 됩니다. 학교에 다니다 너무나 갑작스럽게 휴학을 해버렸죠. 그 누구에게도 말하지 않은 채 느닷없이 저지른 결정이었어요. 편입하고는 군 전역 후의 첫 학기. 따지고 보면 새로운 학교에서의 첫 학기였던 터라 주위의 기대가 컸던 것으로 기억해요. 그러면 왜 휴학을 했느냐. 이유라면 하나, 인생에 있어 지금 아니면 안 될 거 같은 것을 해보고 싶었어요. 어려서부터 예술을 동경했던 탓에 배워보고 싶은 것이 많았고, 다채로운 경험을 해보고 싶었기에 처음엔 돈을 모아 여행을 떠날까 했었죠. 그러다 이런저런 경우의 수를 따져보고 나중에 덜 후회할 거 같은 일을 생각해 보니 아무래도 글을 써야겠더라고요. 그게 아니면 그 무엇도 결국엔 떨떠름할 것으로 생각했어요.

제게 글이란 나를 가장 잘 표현할 수 있는 일부에요. 매일은 아니더라도 어려서부터 짧게나마 그날의 일기를 습작해오던 버릇이 있었어요. 책을 많이 읽는 것도 아니었고 글을 배운 것도 아니었지만 유독 읽고 쓰는 걸 즐겼던 기억이 많았거든요. 이것이 살아가는 데 있어 중요한 요소로 다가왔던 적 없었건만 매일 밤 내가 좋아하는 것이 무언가 골똘히 생각하다 보니 문득 관철했습니다.

이 책에 실린 글들은 그 이후 초기 인스타그램에 업로드 해왔던 것들이에요. 사랑과 이별, 자존감과 인간관계 등에 대해서요. 제가 별명이 조금 많은 편인데요. 지금은 강놀부라는 별명이 우선되는 만큼 이런 이야기들을 잔망스러운 제 색깔로 표현하고 싶었어요. 사실적이고 속 시원한 공감과 진솔한 이야기. 때론 유쾌하고 편하게 읽을 수 있는 내용들. 우라질이라는 말도 그중 많은 비중을 차지하는데요, 평소 욕을 잘 안 하긴 해도 욕 비슷한 걸 내뱉어야 속이 시원할 거 같을 때가 많았거든요. 이런 해결방안이 어디 없나, 상판대기 보고 싶던 중 얻어걸린 게 바로 요놈입니다. 비속어이긴 해도 잘 쓰지 않다 여겨서 잘하면 정감이 가게끔 쓸 수 있겠다 싶었거든요. 실제로 자주 쓰고 있습니다.

지금 보면 다소 미흡하지만 돌이켜보면 저 당시 매일같이 썼던 글에 대한 열정과 성실함만큼은 따라가기 힘든 거 같네요. 이때의 저는 남들과 똑같은 삶을 살기 싫다는 마음이 참 강했지만, 그에 따른 현실과 주위에서 제게 거는 기대 모두를 뿌리치기 힘들었어요. 답답한 마음에 유학을 가려는 둥 저를 구속하는 무엇으로부터 늘 벗어나길 바랐죠. 뻔한 위로의 말보다는 조금 더 진실한 말을 저부터 듣길 바랐기에 어쩌면 누구보다 먼저 제가 듣고자 했고 내뱉길 원했어요. 내 상황이란 게 지금보다 나아졌으면 하는 마음으로요.

이제 시간을 되돌려 볼까요. 이따금 드문드문하긴 해도 인스타그램에 글을 올린 지 이제 막 2년이 되었습니다. 요즘 유행하는, SNS에 글을 쓴다는 사람 중 한 명쯤 될 겁니다. 겨우 그렇습니다. 여전히 치열하게 고민하고 해결해야 할 문제들이야 많지만, 조금씩이나마 호전되고 있다는 생각에 감사합니다. 욕심이 많아서인지 예나 지금이나 보다 나아졌으면 하는 마음이 동일하지만요. 그게 이따금 세게 꿈틀대지만요. 그게 저만 그런 것은 아니란 생각에 이렇게 용기 내어 봅니다.

18년 7월의 어느 날.
사진에 도움을 주신 @sfez_, @new_season_26님 고맙습니다.

CONT

지금보다
나아졌으면 해서

ENTS

하루가 너무도 빠듯하여 시간의 압박을 느끼는 상황입니다.
이런 혼란 속에 하루하루 시들어 가고 있어요.
당신이라는 존재가 나타날 것이라면,
가끔이어도 좋으니 부디 이 부산한 머릿속을 잠재워주길 원합니다.

욕은 잘 안 하지만, 욕 비슷한 것마저 안 쓰려니 답답한 느낌이 들었어요.
그래서 그런 녀석이 어디 있을까,
고민할 때 "우라질" 이란 녀석이 별안간 나타났죠.
입에 착착 감기는 게, 그날부터 제가 갖기로 했습니다.

일상에서 버려지거나 지나친 것들을 담아 유기글을 쓰고 있습니다.
그런 제 일상, '유기글' 을 뱉은 공간입니다.
많이 고민해봄 직한 것들, 생각해볼 만한 주제,
지나친 것들을 속 시원하게, 진솔하게 뱉었습니다.

#메롱 같은 밤입니다

가끔은 사는 게 참 모순 덩어리라 생각합니다.
대책 없이 사랑했으면서 대책 없는 밤에 아파하기도.
까닭 없는 불안감에 무수히 많은 이유의 고민을 키워가며
답을 낼 수 없는 문제를 만들어 놓고 답을 찾으려 하니까요.

웃긴 건, 알면서도 그 모순들에 빠져들 때가 많다는 것.

지금도

지금도 성격이 예민한 탓인지,
잠을 많이 잘 때도 깊게 못 자는 게 대부분이야.

너도 그랬으면 했어.
자다가도 내 생각에 뒤척이길 바라는 마음.

콧내음
긴 속눈썹
얼굴에 있는 점까지.
잠드는 무의식의 순간마저 너로 꽉 차 있는데.

너도 미칠 듯한 내 생각에 뒤척이길 바랐어.
찌질한 마음, 부질없는 생각이었지만
간혹 내 존재가 너무 아려 잠자리가 힘들길 원했어.

미안해.
근데 그래야만 내 마음이 덜 억울할 거 같았거든.
그래야만, 아니 그러면 조금 나아질 줄 알았는데.

녹였더라면

녹지 못한 채 밑에 깔린 설탕.
잘 휘저어서 녹였더라면,
더 달달했을 텐데.

아끼고 아끼다 넣지 못한 표현들.
아낌없이 넣어 녹였더라면,
너와 나 달달했을 텐데.

네가 해 줘

차단 말야, 네가 해 줘.
SNS도, 내 번호도 전부 다.
단지 귀찮아서 그래.

네가 해 줘.
안 그러면 매일 널 미친 듯이 찾을지도 몰라.
조금이라도 정신이 흐트러지면
나 그것을 빌미로 네게 연락할 게 뻔하잖아.

결국, 그 슬픔을 이기지 못해 너를 찾게 될 것만 같아.
그러니 네가 해 줘.
난 못 한다는 거 알잖아.
그러니까,
그러니까 제발.

누가 시킨 것도 아닌데

누가 시킨 것도 아닌데, 혼자이길 결심할 때가 있다.
가끔은 내가 무섭다. 해가 거듭될수록, 타인의 의사 따윈 개의
치 않고 주변 사람들을 쳐내는 내 모습이. 올해는 얼마나 많은
인연이 의문도 모른 채 잘려 나가고 있을까.

가끔, 누가 시킨 것도 아닌데 혼자이길 결심할 때가 있다.

—

그러나 혼자이길 작정해도, 곁에 꿋꿋이 남는 사람들이 있다.

비와 웅덩이

스며들어야 하는데
과거에 고여 있는 그대라서

내 진심은 자꾸만,
자꾸만 튕기고.

아리송한

나라서 그런 걸까.

아니면 나한테도 그런 걸까.

결심

널브러진 마음들, 그중에 때가 가장 많이 탄 것을 집어 든다.
사실은 모른 체하고 있던 녀석을,
꺼내기 두려워 고이고이 묵혀 뒀던 그 마음을.

입바람 한 번에 앉아 있던 먼지들은 달아나고
손짓 몇 번에 녀석을 부둥켜안던 때들도 벗겨지고
그제야 마주하게 된 네 얼굴.

왔냐고, 생각보다 오래 걸렸다고.
그런 나는 네게
미안하다고, 용기가 부족했다고.

짝사랑

분명 가까이 있는 사람을 두고
그림자조차 밟을 수 없어 거리를 두어야만 하는.
가까이 있지만, 늘 멀게만 느껴지는 그런 것.

그러면서도 그 사람 주변에 내가 위치함으로
한 번이라도 그 눈에 내가 들어갔으면 하는 마음.

신발 밑 휴지

집에 왔더니 신발 밑에 휴지가 붙어 있더라고.
이러고 돌아다닌 내 모습을 생각하니 어처구니가 없더라.

어디서부터 함께한 걸까.
왜 떨어지지도 않고, 실컷 밟혀 가면서도 따라왔을까.

나는 오늘,
언제부터 또 네 생각에 들러붙어 모질게 밟히기 시작했을까.

변명

변명하지 말라는 말이 가슴을 후벼 판다.

적어도 내겐 변명이 아니었지만

그럼에도 이 또한 변명일 수밖에 없어서.

이런 사람인 줄 알았으면

이런 사람인 줄 알았으면 애초에 만나지 않았을 거예요.
그걸 몰랐으니 지금 아파하는 거고,
지금이라도 이런 사람인 걸 알게 되어 다행이라 생각해요.
잘못된 선택과 만남에 충분히 아파하고, 반성하고 있다는 말
이에요.

근데 거기에 대고 그런 사람을 만나지 말았어야 했다는 둥,
너는 왜 매번 그런 식이냐고 뭐라 하면 있던 자존감도 없어지
는 기분이 들어요.

당신에게 그 판도라의 상자 같은 인간을 반송하고 싶네요.
한 번 겪어봐야 이래라저래라 하지 않을 텐데.

어쩌려고 우린, 어쩌자고 나는

어쩌려고 너를 좋아한다 말하고
어쩌려고 우리가 되었을까.

어쩌자고 나 혼자가 되고는
어쩌자고 널 사랑한다 말할까.

낙엽

나무의 품에서 떨어져 나간 낙엽처럼
네 품에서 버려진 나는
서러움과 분노, 추억들과 함께
길 어디에서건 나뒹굴었다.

서러움에 아무 말도 나오질 않는데
그날의 기억이 나를 또 한 번 짓밟는다.
괴로움 속에 나뒹굴며
나는 매번 그렇게 짓밟히고 짓밟혀야 했고,
부서지고 부서져야만 했다.

네 품이 다시 나를 거두어 주길 바란다는 희망마저도,
그렇게 바스락거리며 부서져야만 했다.

별일 없이 산다

인생 참 좋다가도 나쁜 것이기에
줄지어 이어지는 행복마저 불안한 기분.
차라리 지금 딱 이 정도만,
차라리 여기서 아무 일도 일어나지 않았으면 좋겠다는 생각이
들 때가 있다.

어디선가 풍문으로 내 얘기가 들린다면,
별일 없이 사는 거 같다고.

나 가끔은 그렇게 좋고 나쁜 일로 누군가의 입에 화젯거리가
되는 것보다도
별일 없이 산다는 말로 끝나는,
그런 심심한 사람이길 바랄 때가 있다.

벤치

누군가의 체온이 익숙할 즈음
그 따뜻함은 늘 매정하게 떠나갔고
남겨진 헛헛한 마음 들킬세라
먼지로 그 자리를 휘감아야 했다.

먼지가 제법 쌓인 어느 날엔
아무라도 좋으니
이제 그만 뿌연 상처를 털어줬으면 했고
또 어느 날엔
나도 그만 누군가의 온기 속에 쉬길 바랐다.

볕이 드는 날이 있는가 하면
비가 세차게 몰아치는 날이
그렇게, 맞물린다.

시간이 갈수록 힘든

열 번 찍어 안 넘어가는 나무 없더라.

글쎄요, 일반적으로 열 번 찍다 보면 나무꾼은 지치겠죠.
열 번 찍다 보면 그 나무는 아플 거고요.
그러고는, 마지막에 더 힘든 쪽이 끝을 내죠.

열자마자 닫힌

나는 누구에게나 마음을 열어 주는 자동문이 아니에요.
그대를 내 마음에 품기까지
얼마나 많은 주저함이 따랐는지 생각해 본 적 있나요.
그렇게 힘들게 열은 마음이었는데.
민망함이 솟구쳐 올라
언제 그랬냐는 듯 제 마음을 잽싸게 닫아 버려야만 했어요.

나 혼자만의 설렘이었나요.
나 혼자만의 착각이었을까요.
덕분에 꽁꽁 닫힌 내 마음은 누가 다시 열어 줄까요.
아니 이제 열리기나 할까요.

향기

불현듯 나타난 네 냄새가 코에 스쳐
어느덧 그 향에 취하고자 했더니,
덧없이 떠나 다른 이의 코에 스친다.

조금의 여지도 없는

미안해요.
당신이 내심 기대했던 것만큼
나 지금껏 그대 생각이 나질 않았어요.

미안해요.
미안한데,
앞으로도 그럴 것만 같아요.

이따금

생각이 났습니다.
깊고 진하게 자리 잡아 지우려 하면 번지는 사람.
긴 동면에 빠져 아삼아삼하다가도,
돋아나는 새싹의 기운과 함께 아련한 봄이 되곤 하는 사람.

그리고 가끔은,
가끔씩은 그 사람에 어쩔 줄 몰라야만 했습니다.

피어나는 그대를 밟을 순 없지 않냐며
지금도 바보 같은 넋두리를 합니다.
어쩌면 나는, 무한정 바보로 남으려는 건지도.
정말 그런 건지도 모르겠습니다.

반가웠어

그래 맞아. 어떻게 널 잊겠어.
시간의 흐름에 널 향한 감정이 눌러앉았지만
나는 끝끝내 이 시점을 정의하지 못할 거야.

예쁜 과거 속에도,
아쉬운 현재에도,
아련한 미래에도 네가 걸터앉아 있으니까.

무뎌져 가겠지.
언젠가 네 생각도 더딜 거야.
그래도 가끔, 네게 물을 주러 올게.
나 가끔 그때의 추억들을 어렴풋이 떠올릴게.
그래도 널 까맣게 잊진 않을게.

홀로 하는 약속이지만,
그래야 네 생각에 조금은 자유로울 거 같거든.

안녕. 반가웠어.
안녕.

이기적이라고 했다

이기적이라고 했다.
이제 막, 말하려 했던 건데.
이제 막, 하려 했던 건데.
왜 그 찰나의 순간을 못 참는 거냐고.

글쎄, 그 이제 말이야. 이젠 힘든 거 아닐까.

—

언제였을까. 지친 나를 두고 너는 목놓아 말했었다. 이제 막,
더 좋아지기 시작했다고. 이제 막, 확신이 들기 시작했다고. 근
데 왜 참지 못하고, 왜 하필 지금 떠나려 하는 거냐고. 이기적
이라고. 후회할 거라고.

사람 마음이 변동 없이 유효하기란 참 힘들다.
하물며 한결같이 사랑하기란 얼마나 힘들단 말인가.

이기적이라. 내가 잘못한 부분이 없다고 할 수는 없지만,
이기적이라는 말을 내게서 먼저 찾아야 하나 싶다.
네가 힘들 때 어떻게든 곁에 있으려 한 나였는데,
정작 내가 지독하게 힘들 때에 너는 대체 어디 있었니.

왜, 왜 이제야 뭘 해보려 하는 건데.
이제라는 것에 이젠 힘들다는 것도 모르고.
이제 막, 떠나려는 사람도 모르고.

그런 사람이고 싶다

시끌벅적한 곳보다는
조용한 곳에 마주 앉아 얘길 나누고 싶은,
그런 사람.

인연이 너무 값져서
주변 사람들에게 늘 얘기해 주고 싶은,
그런 사람.

술이라도 한잔 걸친 날엔
막 보고 싶은 사람.

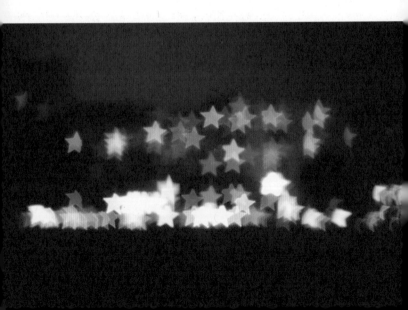

어떻게

어떻게 나한테 이럴 수가 있냐며
왜 그런 것인지 묻지도 않은 채
한참 동안 너를 원망했다.
아니, 사실 이유 따위 의미 없었는지도.

어느 날 꽃게에게

어느 날 꽃게에게 성을 냈다.
너는 왜 인생이 매번 샛길로 빠지냐고.
옆으로 말고, 나처럼 앞으로 걸을 수 없는 거냐며.

녀석이 집게를 딱딱거리며 씩씩댄다.
몸을 비틀면, 나와 같은 방향으로 갈 수 있다고.
그러나 어디로 향하는지 자신은 모를 거라고.

아뿔싸,
향해야 할 곳을 알면서도
어딜 가는지 모르는 나와 녀석은 닮은 듯하다.

글쎄

왜 말 안 했냐고 묻는다.
글쎄, 이해해 줄 사람한텐 이미 다 말했겠지.

행복에 바쁘고 싶은데

지친 몸을 이끄는, 투덜대는 발걸음.
일에, 공부에, 사람에, 관계에 아파한 오늘.
피로를 없애려 잠자리에 들려 하니,
이 시간에 웬 분주한 고민들이.
하루가 왜 이리 바쁠까요.
이젠 행복에 바쁘고 싶은데.

어떡해

이해할 수 있는 사소함마저
거짓으로 얼룩지니 불신이 되더라고.
뉘우치고 반성하여 돌아갔을 땐
이전의 네가 아닌, 냉정한 사람만이 날 맞이하고 있었어.

이미 늦었다는 것을 알지만, 보고 싶은 걸 어떡해.
보고 싶다 말하고 싶지만, 말하기엔 늦었다는 것을.
미안함을 아는 나는 어떡해.

이제 와

이제 와서 뭘 어쩌려고. 네가 한 행동들을 보면
'내가 이래도 너는 날 좋아해 줄 거야'라는 심보에서 비롯된
거잖아.
네 곁에 내가 없다는 사실이 미친 듯이 괴로운 존재가 되기를.

사람 마음으로 장난쳤으니
당연히 아파해야지.

물살

여울져 와서는
여운이 되려는 사람.

여운으로 끝내기엔,
잡고 싶은 사람.

허수아비

찬바람을 피할 곳이 없어
이 자리에 우두커니 서 있는 게 아닙니다.
아직 이곳을 떠나기엔
내가 아파해야 할 것들이 많기 때문이겠지요.

이 아픔을 딛고 일어서기엔
어느덧 날 우습게 보는 많은 감정이
호시탐탐 덮쳐 오고 있습니다.

매일 밤 나는 이 미련을 지키기 위해
마음이 너덜너덜하게 뜯기고
아파하며, 흠뻑 시달리고도

당신을 생각합니다.
당신에 아파합니다.

당연히

나한테 뭘 맡겨 놓은 것처럼
내게서 이익 찾는 것을 당연시하는 사람들이 있다.

그 사람들의 행동을 보며
나도 너무나 당연하게 그들을 버리곤 한다.

넘기지 못하는

손이 미끄러운 건지, 종이가 들러붙은 건지.
책장 하나 넘기기 힘들 때가 있다.

네 이름, 그거 하나 삼키기 버거워
유난히 넘기기가 힘든 오늘처럼.

내성 발톱

깎아 낸 자리에
다시금 네가 자란다.

그리움도 아니고
아쉬움도 아니고
미련도 아닌 것이

왜 이렇게 자라는지.
왜 이렇게 아픈 건지.

그래서 미안

미안해요.

미안한데
미안하지가 않아서.

그리움

바쁜 하루를 토닥이고
좋아하는 노래를 들으며 집에 가는 길.
밀린 답장들이야 이제라도 손을 대면 그만이다만.

바쁜 하루 속에서도
좋았던 추억은 새록새록 떠오르는데
밀린 감정들은 너무도 커서.
너무도 커서.

누구를 위한 삶일까

웃기지 않나요.
완벽한 사람은 없다고들 하면서
완벽하고 싶은 마음이라는 게.

웃기지 않나요.
한 번뿐인 인생이라고 말하지만
몇 번을 산다 해도 똑같은 삶일 것만 같은 그 모습이.

꼭

꼭 그런 것들은

꼭 그렇더라고.

나는 고작

나는 고작 네 웃음 하나에도
세상이 너로 가득하다 느끼는,
고작 그런 사람일 뿐이라고.

기대

미안해요.
그대에게 한없이 기대고 싶던 내 모습이.
너무 많은 기대로, 그대를 힘들게 한 그 시절이.

비 오기 직전의 날씨

먹구름이 자욱한 하늘.
하지만 좀처럼 내리지 않는 비.

언제 오는 걸까 하는 조마조마한 마음이
쏟아지는 비에 오히려 안심될 때가 있어.

너도 내 마음 자욱하게 했으면
그만 애타게 하고
후두두, 후두두
힘껏 쏟아지면 좋으련만.

입김

얼어붙지 마라.
파르르 떨다 토해 낸 내 마음인데.
그 온기가 네게 닿아야만 하는데.

풍선

네 말 한 마디 한 마디 의미를 부여하다가
이내 부푼 마음을 질끈 묶어 버렸다.

그 생각이 혼자만의 기대인 줄도 모르고.
그 마음이 금기와 같아,
허락되지 않은 것인 줄도 모르고.

날아가 버리면 어쩌나
놓치지 않으려 손에 꼭 쥐고는

새어 나가는 것도 모르고.

더는 날 궁금해하지 않는 네 마음이
바늘 되어 터뜨릴 것도 모르고.

마음속 #고름

마음속에 고름이 생겼나요.
커져만 가는 것을 느끼는데
짤 수도 없어 답답함이 부풀어 오르나 봐요.

힘들죠. 가끔 기대고 싶을 거야.
학업에, 사람에, 일에 치이는데
다른 사람까지 위로하느라
정작 속은 곪다 못해 썩어가고 있잖아요.

가끔은 짜증내도 돼요.
나도 힘드니까, 내 얘기부터 들어달라고 말해도 된다고.
아프면 병원 찾아가는 게 당연하잖아요.
위로도 그래요. 누군가 먼저 찾아와 주길 바라고 있지만 말고
너무 힘들면 먼저 토해내요. 그래도 괜찮아.

달아날 거야

꿋꿋하게, 멋지게 살도록 해요.
그 사람에게 보란 듯이 잘 사는 모습 보여 줘야죠.
당신과 헤어짐을 후회하도록.
당신은 얼마든지 더 나은 사람 만날 수 있다는 것에 아파하게끔.

—

달아날 거야. 네가 나를 상상할 수 없을 만큼.
어느 날 문득 내 존재가 그리워질 수도 있겠지.
하지만 네가 나를 한 번이라도 떠올릴 때마다,
기를 쓰게 네게서 달아나 줄게.
네게서 먼, 감히 닿을 수 없는 존재가 돼 줄게.

널 만난 것을 후회하진 않지만,
끝나 버린 네게서 정체되어 있던 시간을 후회하기에.

고맙다. 이 악물고 살게.
언젠가 네가 내 근황을 듣게 된다면
부끄럼과 초라함을 느끼도록 말이야.

기도

서러움에 사무침이 산 넘어 산의 연속이라 한들,
부족함이 낳은 결과라며 겸손함으로 승화시켜 주세요.
남들이 행복에 살 때 고생에 헤매는 제 모습을
저 자신만큼은 비웃지 않게 해 주세요.

막연한 행복을 위해 아픈 과정을 겪는다 해도
그 행복이 달콤하다면 도전하게 해 주세요.
지식이 많은 사람보다는 지혜로운 사람이 되게 해 주시고
사랑을 하게 됐을 경우,
최선을 다하는 사람과 사랑하게 해 주세요.

신이 존재한다면, 당신이 살아있다면,
이런 제 염원을 무시하지 말아 주세요.

덮어요

슬프죠. 왜 이런가 싶고.
아프네요. 마음대로 되지 않는 현실이.
주변엔 왜 이리 방해가 많을까요?
평상시엔 찾지도 않던 풍문 꾼들이.
이런저런 생각 속에 불면으로 아파하고 있는 시간,
미안해서 이제 그만 제게 이불 덮어 주려고요.

누군가가 아닌, 그냥 제 자신에게 미안한 거예요.
혹사되는 마음 때문에 아파하고 있는 모습.
온갖 스트레스를 참아야 하는, 그런 내가 미안해서
미안함으로 이렇게 오늘을 덮으려 해요.
돌아오는 내일은 그러지 않길 바랄 뿐인 거죠.

응어리부터 없애야죠

어디까지나 조언을 해드리는 입장에서 말씀드리면,
연락하면 그 사람이 그쪽을 우습게 여길 게 중요해요.
아니면 당신의 마음속 그 응어리를 없애는 게 중요해요?

마음의 준비 잘하고 연락해 봐요. 그런다고 안 죽어.
아니 본인 마음부터 편안해야 할 거 아녜요.
단, 이번에 안 되면 깔끔하게 놓아주도록 해요.
동정받을 사람이 아님에도 불구하고,
언제까지 그렇게 본인에게 불쌍해지려는 거예요.

지금 내가 뭐하는 건가 싶은 그대

지금 내가 뭐하는 건가 싶은 그대,
자신이 얼마나 원망스러울까요.
꽃다운 나이, 잘나가는 남들을 보면
자신의 모습이 이보다 초라할 수는 없는 거죠.
그럴 수도 있는 거라고, 그런 거라며 오늘을 삼키자니
이거 참 마음이 좀 그래요.

힘든 그대, 말없이 꼭 안아 주고 싶네요.
괜찮다는 말 한마디가 간절한 그대에게
그럼에도 당신은 내 희망이며 삶의 이유라고.
괜찮다고, 사랑한다고 말해 주고 싶어요.

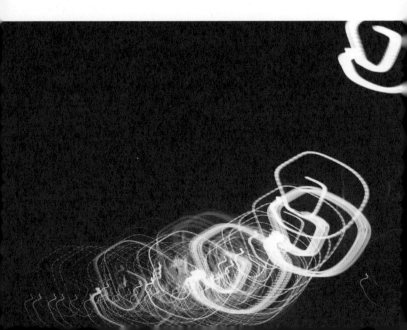

내 품

따뜻한 품이 간절했을 것만 같아.
그냥, 그냥 안아 줬어요.
아무 말도 없이 안아 주고 싶었거든요.

어떠한 말도 위로가 되지 않을 때가 있습니다.
저는 그럴 때 같이 아파해 주고 싶은 마음뿐이에요.

몸이 차네요.
얼마나 그 아픔에 떨었을까요.
아무 말 안 해도 돼요.
그냥, 그냥 조금이나마 내 품이 따뜻하다면, 그걸로 됐어요.

어느 봄날

미세 먼지가 기승이래요.
외출은 가급적 자제하도록 하고,
자기 전에 젖은 수건 널어두고 자도록 해요.

독감이 유행이라더군요.
유행 따라가지 말고,
비타민 꼭 챙겨 먹고요.

일하랴, 공부하랴, 사람 눈치 보랴.
그것도 유행인가요.
고생이 참 많네요.
그래도 건강은 꼭 챙겨야 해요, 알았죠?

늘 응원한다는 거, 덤으로 챙겨가도록 하고.

베개

걱정에 잠 못 이루고 있는 너에게
내 마음을 베고 자라고 말하고 싶다.
지친 네 머리맡을 포근히 감싸 안고는
별일 없을 거라며 토닥이는 그런 마음.

폭신폭신한 포근함에 눈꺼풀이 스르륵 감기듯,
어느덧 걱정 또한 스르륵 감기게 될 테니.

그때 그 시절

그대를 떠올리는 것이 아닙니다.
다만 그때 그 시절이 가끔 생각날 뿐이에요.
그대에게 악역으로 남는 것이 두려운 게 아닙니다.
날 악역으로 변하게 한 당신이 미운 거죠.
그대를 잃고 아파했던 내가 한심한 게 아닙니다.
내 마음을 그대에게 다 주었던 것이 화가 나는 거예요.

나 이렇듯, 그대를 더는 그리워하지 않습니다.
나 이렇듯, 그대를 잊었나 봅니다.
그러나 그때의 나는 잊지 못하여서
앞으로도 잊지 못할 것이겠지요.

때론

때론, 잘 알지 못하는 누군가와의 대화가
더 친근하고 편할 때가 있다.
마치 무미건조한 일상에 기름칠하는 기분.
내가 요즈음 바라던 대화는 이런 것이었을까.

나를 잘 알기에 내 치부가 두려워 말을 아끼는 것이 아닌,
사람 대 사람으로 서로를 드러내는 대화.
얘기를 하면 할수록 좋은 사람임에
이 인연이 참 고맙고 감사한 일이다.

여전히

내 인생이 누군가에게 귀감이 될지언정
측은하지 않았으면 좋겠어.

나는 나 자신을 믿어야만 했고,
여전히 날 믿기 때문에.

구름에 가려진 달빛

숨지 말아요.
잘못한 게 없잖아요.
억울하죠. 이 모든 게 어처구니가 없고.
괜찮아요. 저는 그 마음 알잖아요.
그대 잘못 아니에요.

힘들었죠.
그 누구에게도 이런 말을 듣지 못하니
얼마나 힘들었을까요.

부탁이야

문득 그런 생각이 들더라고.
감기를 예방접종하듯
다가올 불행도 예방접종할 수 있다면 얼마나 좋을까.

말도 안 되는 거 나도 알지만,
요즘 말도 안 되게 힘들어하는 널 보니
별의별 생각이 다 들더라.

몸도, 마음도 아프지 않았으면 좋겠어.
적어도 오늘 밤, 여러 생각들에 아파하지 말자.

부탁이야.
아프지 마.

묘하게 맞는 말

지금이 가장 행복하다고
죽어도 여한이 없다는 사람.
그렇다고 죽지는 말고.

지금의 내가 가장 불행하다고 자신 있게 말하는 사람.
앞으로는 지금보다 행복한 일들만 있겠네.
그러니 죽지는 말고.

특별한 그대에게

불확실함에 불안해하지 않았으면.
선택했다는 그 이유만으로
이 길은 이미 특별해요.

당신은 특별한 사람이기에
그 선택마저 충분히 특별한 거죠.
그러니, 마음 편히
조금만 더 멀리 보자고요.

무슨 일 있는 거죠?

무슨 일 있나 봐요.
외로움이 근본 없이 시작되면
나 왜 외롭지? 하다가 우울해지기 시작하더라고요.
근데 누구 하나 붙잡고 털어놓기도 뭐하고,
어쩌면 홀로 남은 듯한 기분에 아무도 생각 안 날지도 모르죠.

진짜 뼛속까지 외로우면
밥을 먹어도 허한 마음을 채울 수가 없던데.
그래도 밥은 잘 먹고 다니는지 걱정되네요.

아무래도 그 시무룩한 표정,
무슨 일 있는 거 같아.

고쳐 쓴 문자

이제 그만 아파해도 된다고.
그만 자책해도 된다고.
어떻게 이보다 더 최선을 다하겠냐고.
어떻게 인연이 그러냐고.

근데 어디 이게 말처럼 쉬울까 싶어,
보내려던 문자를 지우고 다시 고쳐 썼어요.

혹시 누웠나요?
발 따뜻하게 하고 자요.
발이 따뜻해야 잠이 잘 온대요.
뜬눈으로 밤 지새지 말고,
조금이라도 일찍 잠이 들었으면 좋겠어요.
조금이라도 좋으니, 포근하게 잠들길 바랄게요.

이대로 끝내기엔

저랑 약속 하나만 해야겠어요.
지금처럼 힘든 상황이 찾아와 또다시 아파한들
이대로 끝나지 않을 거라는,
일어설 수 있다는 믿음을 지켜 주세요.
실수하고, 좌절하고, 무너질지 몰라도,
삶에 허탈감을 느끼며 자포자기로 살지 말아 주세요.

그러기엔 아직 펼치지 못한 뜻이 너무 많잖아요.
이대로 끝내기엔, 우리 너무 억울한 게 많잖아요.

왜

사람 일 아무도 모르는 거잖아요.
예정된 거 없잖아.
근데 왜 불행이 예정된 것처럼 살아야 하는 건데요.

시험

우리 맨날 처음부터 기말고사를 노린 거라며
중간고사 죽 쒀놓고 토닥토닥하잖아요.
그러다 기말에도 장렬히 전사하게 되면
다음 학기는 기필코 인간 승리 할 거라고 다짐하고.

가만있자,
하기 싫은 시험공부도 다음번엔 꼭 잘 보리라 결심하면서
왜 정작 본인 인생에는 꽃길이 없을 거라고 다짐하는 건데요.

젓가락질

밥 먹을 때 젓가락질을 삐끗하여
반찬을 옷에 흘리는 경우가 있다.

매일매일 하는 젓가락질도
가끔 그렇게 엇나가서
옷에 얼룩을 남기고는 한다.

하물며 오늘 일이 뜻대로 되지 않아
눈물로 얼룩진 하루라 한들,
너 너무 아파할 필요 없다.

너 너무 자책할 이유 없다.

돼!

"안 돼, 그거 힘들어." 라고 말해 주는 것보다
열심히 하고 있으니 잘 될 거라고 말해 주는 게 좋잖아요.
응원해 주는 사람 무안하지 않게, 힘내는 척이라도 좀 해 줘요.
그대는 될 사람인데, 당연히 잘 되어야죠.

돼요.
된다고요.

현명한 그대이기에

승산 없어 보이는 상황에서도
현명한 사람은 기회를 만들어 냅니다.

좌절하지 말아요.
전 그게 당신일 거라 믿거든요.

힘 빼

친구야, 난 널 응원하는 사람이야.
전에 제법 의욕적인 모습을 보이길래 나도 덩달아 기분이 좋았는데, 요즘 그늘진 네 눈빛을 보니 마음에 걸린다. 작은 것도 놓치지 않고 어떻게든 이루어 내고 싶어 하는 건 아닌지, 부담감과 책임감을 잔뜩 느끼며 반드시 해내야 한다는 압박감을 갖는 건 아닌지, 나는 그게 걱정스러워.

힘 좀 빼. 의욕만 앞선다고 잘 되는 거 없더라. 오히려 그럴수록 앞서 말한 부담감과 압박감만 더하더라고.

됐고, 하던 대로만 해 줘.
내가 아는 너는, 그거면 충분해.

좋은 사람인 걸요

설렘 안고 뛰어든 새로운 환경,
막상 겪어보니 만만하지 않은가 봐요.

웃는 모습이 예쁜 그대,
웃음의 뿌리가 깊어졌다 한들
웃음을 잃은 것은 아니길 바랍니다.

당신의 진면목이 드러나지 않았을 뿐이에요.
당신은 당신이 생각하는 것보다
훨씬 더 좋은 사람이랍니다.

고래가 어떻게

자존감도 없는데 자국애도 없으며
상황을 개선해 보려는 의지와 노력도 없이
남 탓, 사회 탓하는 그런 사람 되고 싶지 않습니다.
저도, 여러분도 그런 쭈구리랑 어울리지 않아요.

신이 존재한다면, 우리에게 생각하는 힘을 준 것도 모자라서
그걸 실천하라고 두 다리를 줬는지 모르죠.
신중히 생각했다면, 이제 그만 움직여도 돼요.

아니, 고래가 어떻게 어항에 살아요.

달빛

달빛을 의심하지 말아요.
어두움 속에 싹튼 빛.
암흑마저 삼키지 못한 희망을 의심하면
무엇으로 버텨야 하나요.

희망은 희망으로 존재해야 할 이유가 있습니다.
그대에게 찾아온 희망을
막연함으로 만들지 않았으면 좋겠어요.

필터

꼭 날씨 때문은 아니어도
마음속 필터로 하루가 좌지우지되는 경우가 있다.

그럼 오늘의 하루는 어떠했나.
짙은 흐림의 연속이었는지
따뜻한 색채가 휘감은 하루였는지.

혹여 흐리멍덩한 하루였다 한들
크게 아프지 않길 바란다.

꿀꿀한 오늘이 난데없는 우울 장마의 시작을 알린다 해도.
매서운 바람이 괜스레 시린 기분을 가중하여
세상 날씨에 덩달아 쓸려 간다 해도,
내 마음먹기 따라서 하루의 색감이 달라질 때가 있다.
따뜻할 때도 있더라는 말이다.

매일 같진 않아도 분명 바꿀 수 있고, 바뀔 때가 있다.
매일 같진 않아도, 그 희망은 중요하다.

최선

더할 나위 없는 최선을 했어요.
다만, 더할 나위 없는 만족이 없었던 거죠.

그래요, 만족할 수 없는 것뿐이지,
그 누구도 그대에게 뭐라 할 수 없어요.
그 누구도, 그 노력을 짓밟을 수 없다고요.
본인들은 상상도 못할 용기라서 그대를 시샘한 겁니다.
혹시나 잘되면 어쩌나 싶어 그 노력을 무시한 거예요.

좌절하지 말아요. 아파하지 말아요.
울지도 마요. 보는 내 마음이 다 아프잖아.
최선을 다했잖아요.
그것만으로도, 그것만으로도 그대는 박수 받기에 마땅합니다.

방파제

넘실거리는 파도에
딸려 온 감정들이 참 많네요.
좋은 것만 보고 느껴야 하는 그대를 위해,
거르고 걸러 울적한 기분은 되받아 쳐줄게요.
좋은 생각만, 좋은 일만 있어야 하는
그대의 오늘을 위해서 말이죠.

인공 눈물

톡 하고 떨어지는 한 방울이
뻑뻑했던 피로를 완화하기 위해 노력하듯

이 뻑뻑한 슬픔 덜어내려면
눈물 한 방울 톡 하고 터져 나와야 할 텐데.
어느새 우는 법도 잊어버린 나는
끔벅끔벅, 끔뻑끔뻑
뭐하는 건가 싶은 거지.

당신의 마음이 언젠가 닿기를

어렵게 열은 마음이었으니
지금 본인 모습이 밑도 끝도 없이 초라할 거예요.
자존감은 곤두박질치고, 꽁한 마음 탓에
이제 누구에게도 마음 열기가 두려운,
그런 상태인지도 모르죠.
적어도 당신은 본인 감정에 솔직했잖아요.
그게 뭐가 잘못이라고 그 마음도 모르는
사람에게 아파하고 있어요.
야속하지만, 지금이라도 그런 사람인 것을
알게 되어 다행이라고 생각하세요.

얼마나 값질까요.
당신의 마음이 닿는 상대를 만나는 그 순간이.
그러니 마음을 너무 굳게 닫고 있지는 말아요.
혹시 그런 사람이 나타난다고 한들,
당신을 기웃거리다가 지나치면 어떡해요.

새해 덕담을 핑계 삼아서

노란색 원피스. 단색은 아닌 것이 귀여운 땡땡이 무늬가 적절
하게 어울린, 그런 것. 단발이 아닌 긴 생머리에, 눈썹에 닿을
듯 말 듯 한 앞머리와 빨간 립스틱.
그리고 나, 루즈한 흰색 셔츠에 검은 가디건.
생지바지에 워커를 신고는, 검은색의 긴 머릴 한 모양.

나 말야, 중간에 이게 꿈인 걸 알았는데, 너무 생생해서 깨고
싶지 않은 거 있지. 내가 깨 버리면 웃는 네가 달아날 걸 아니
까. 꿈에서 널 볼 수 있는 것도 이게 마지막일지도 모른다는 불
안감 때문에.

사실 어제 새해 덕담을 핑계로 네게 연락하려 했어. 보낼까 말
까 고민했고, 또 고민했지. 그러다 문득 내가 너무 찌질한 거
야. 네게서 연락이 온 것도 아니니, 괜한 일 하지 말자며 가까
스로 마음 추스르고 잠들었었는데. 이내 아무 일도 없었다는
듯, 고요한 새벽. 밀려오는 감정을 꾹꾹 누르며 생각해 보니,
연락하지 않은 것이 우리의 연락이었구나.

그래, 이젠 정말 안녕.
새해 복 많이 받아.

-15년 1월 2일, 새해 덕담을 핑계 삼아

Q&A

나를 일으켜 준, 내 전부였던 사람이 떠났어요

Q

이전의 만남에서 겪었던 깊은 상처를 안아 준, 기적 같이 나타난 사람이었어요. 너무나 사랑했던, 제 전부였던 사람이었는데. 결국 절떠났네요. 앞으로 제가 연애를 할 수 있을까요? 이제 누구를 좋아하기도 겁나고, 좋아한다 해도 상처 받을까 봐 지치고 힘들어요.

A

이렇게 생각해 보는 건 어때요?

'나에게 믿음을 주었고 세상 모든 것과 같은 사람이었는데. 곁에 없으면 나는 이제 어떡해야 하나' 하고 좌절하기보다는, 정말 아프고 힘들지만, 나를 일으켜 준 사람이어서 그래도 고마웠다고.

나 당신 덕에 사랑이라는 게 뭔지 조금은 알 수 있었다고.

거기까지인 사람이고, 우리 관계겠지만, 그럼에도 함께 했던 시간 동안은 특별하고 좋은 사람이었으니까.

그 사람이 떠났다고 모든 것에 좌절하며 주저앉지 말고, 일어섰던 만큼 더 힘차게 발걸음을 떼기를 기원할게요.

이제부터가 정말 시작이잖아요. 지금 미칠 듯 힘들고 아프지만, 이겨낼 거잖아요. 그 사람이 당신에게 왔던 것처럼, 앞으로 더 좋은 사람 만나기를 바랄게요.

여전히 그 친구가 생각나요

Q

여전히 그 친구가 생각나요. 곁에 있는 사람이 부러워요. 어떻게 만났을지, 고백은 누가 먼저 했는지, 스킨십은 어디까지 했는지 생각하면 미칠 거 같아요.

사랑은 타이밍이라는 말, 요즘 절실히 느끼고 있어요. 잊기는커녕 너무 보고 싶고, 지난날의 제 선택이 후회돼요. 저 어떡하죠?

A

여전히 보고 싶다면 어긋난 타이밍을 후에 다시 잡아야죠. 언젠가 그 사람 앞에 자리가 났을 때 편입하는 게 옳다고 봐요. 그때까지 멋지고 예쁘게 본인을 가꾸는 것이 최선이지 않을까요. 지금은 어쩔 수 없잖아요. 그 사람에게 집중하며 아파하지 말고, 본인에게 조금만 더 시간을 할애해 주세요. 그래야만 나중에 때가 왔을 때 그 사람을 만나건 안 만나건 선택할 수 있어요. 그 사람에게 끌려다니며 진전 없는 사람으로 남는 게 아니라, 만남을 선택할 수 있다는 말이에요.

3

오늘은 #헤헤

누군가에게 취하고 싶습니다. 이를테면 필라멘트가 끊긴 전구처럼, 타들어 가는 것도 모른 채 한 사람에게 집중하고는 에너지를 쏟고 싶습니다. 나를 붙잡고 있는 이성의 끈이 잠시 당신이란 존재로 끊기길 원합니다. 사실, 저는 그런 제 모습을 좋아하거든요.

하루가 너무도 빠듯하여 시간의 압박을 느끼는 상황입니다. 일적인 부분에 신경이 곤두서 있어 여유가 있길 바라다가도, 내 시간을 가질 때면 어딘가 찜찜한 기분을 떨칠 수가 없습니다. 이런 혼란 속에 하루하루 시들어 가고 있어요. 당신이라는 존재가 나타날 것이라면, 가끔이어도 좋으니 부디 이 부산한 머릿속을 잠재워 주길 원합니다.

단지 내 머릿속이 혼란스러워 당신이란 사람을 바라는 것이 아닙니다. 이왕 사랑한다면 온전히 사랑하고 싶은, 그런 사람과 함께하길 바란다는 말입니다.

나는 본디 그런 사람입니다.
내가 하는 사랑이란 늘 그래왔습니다.
만약 내 이성이 당신과 나 사이에 조금의 느슨함도 허락하지 않는다면, 나는 도무지 그것을 사랑이라 말할 자신이 없습니다.

많이 사랑할 텐데

원한다고 했더니
그게 아니란다.

욕심내도 되냐고 했더니
그것도 아니라길래,
그렇담 네 생각을 해도 되냐고 물으니
얼굴만 붉어진 채로 아무 말 하질 않는다.

아니 그럼 좋아해도 되냐고,
많이 사랑할 거라고.
감당할 자신은 있는 거냐고 물으니
너는 그제야 밝게 웃으며 고갤 끄덕였다.

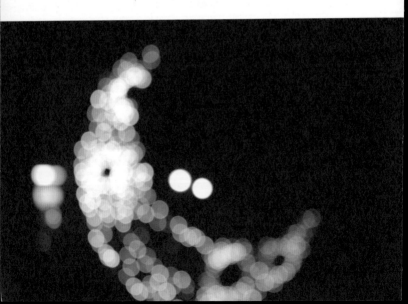

산불

조그마한 불씨처럼 조그맣던 마음이었는데
작은 불씨가 언젠가 산을 집어삼키듯,
그렇게 저를 집어삼키는 마음이 그대가 된 것이겠죠.

수려한 듯 수수한 외모에 이끌렸지만,
지혜로운 모습에 당신을 확신했어요.
그렇게 어렵게 찾은 사람이 그대입니다.
그렇기에 그대에게 온전히 집중하고 싶습니다.

함께하는 지금 그 어떤 아낌도 필요 없는,
나 그런 사랑을 당신에게 쏟아붓겠습니다.
스쳐 간 인연들에 여전히 마음 아프다면,
내 사랑으로 삼켜 그 아픔을 태워 버리겠습니다.

그대여, 날 의심하지 말아요.
그대여, 내 마음을 의심하지 말아요.
사랑만 하기에도, 서로에게 집중하기에도 부족한 시간.
사랑하기 좋은 우리는 사랑해야만 합니다.

첫인상

첫인상이 어땠냐고? 거 참 낯간지럽게 뭘 또 그런걸.
진짜로 궁금해서 그런 건지, 날 골리려는 건지.
모르쇠로 일관했더니 또다시 옆구리에 주먹을 찔러 넣는 너.
윽, 어디서 못된 거만 배워 와서는. 깡패야 무슨?

첫눈에 반했다는 말이 이런 건가 싶었지.
세상 모든 것이 진동하는 듯한 떨림.
내 목소리마저 증폭되어 귓가를 때리는 어벙한 기분.
무슨 말을 해야 할지 몰라 두서없는 얘기를 꺼내기도 했던 거
같아.

특유의 분위기가 귀엽고 부드럽더라고. 걸음걸이부터 시작해
서 웃는 입꼬리, 심지어 어색하고 민망한 분위기 속에서도 안
간힘을 쓰며 시선을 맞추려는 노력까지. 그 특유의 멍청함에
미소가 떠나질 않았어.

대화를 하면 할수록

엉성함 속에 단단한 알맹이가 있는 사람임을 알게 되어 기쁘
더라. 얘기에 집중하고 공감해 주는 부분에 색다른 매력을 느
꼈고, 자신의 이야기를 진솔하게 말할 줄 아는 사람인 거 같아
좋았어.
첫 만남이었지만 집으로 가는 길에 난 생각했지. 아, 이 사람과
만날 수만 있다면 정말 행복할 거 같다고. 좋은 사람과 함께하
고 싶다는 욕심이 생겨 기쁘다고.
너도 나와 같은 마음이었으면 한다고 말이야.

착륙

겁도 없이 나타나서 죄송합니다.
겁도 없이, 감히 그대 마음에 제가 앉아서 죄송합니다.

그런데 죄송한 김에
왔으니 사랑한다 말해야겠습니다.

네 눈망울

그 바다는 말이죠
돌고래도 살고
상어도 살고요

그리고 저도 살고 있어요.

미래의 마누라에게

사랑하는 나의 아내.
이 글을 보는 시점이 언젠지는 모르겠지만
내 고향이 가평이라는 것을 당신은 알지요.

그대, 노년엔 무조건 가평에서 살 준비를 하시오.
만약 가평이 큰 도시가 되었다면,
시골에서 텃밭 하나 가꾸고 오순도순 삽시다.

싫다고? 하지만 이미 내가 다 준비해 놨을 거요.
마지막으로, 메롱이오.

책갈피

사랑하는 그대,
나 당신에 대한 마음 키워갈 때
매일 밤 기도가 무엇이었냐면

그대가 설령 삶 속에 헤맨들,
내가 기점이 되어 당신 손을 잡고
그 삶을 같이 펼쳐나가길 바란 것이었죠.

그대

어떤 사람이냐는 질문에
번지는 미소를 막을 수 없게 하는 사람.

나는 요즘

어떻게 지내냐는 물음에
나 요즘 한 사람 때문에 많이 설렌다고,
잠들기까지 행복한 사람이라고.

묘한 매력의 너를

널 만나기 전, 너라는 존재를 막 알아가기 시작할 때의 이야
기. 아직 서로를 본 적도 없고, 전화해 본 적도 없는 시점. 오
로지 핸드폰 안의 노란 창에 의존하여 서로를 탐색하기 바빴
던 때.

"내 목소리 어떨 거 같아요?"
난감했다. 목소리가 어떨 거 같냐니. 뭐라 말할까 고민하다가,
걸쭉할 거 같다고 답했다.
너는 그게 뭐냐고 웃다가, 내 목소리가 궁금한지 전화를 걸었
다. 갑작스러운 행동에 나는 화들짝 놀라 잽싸게 거절 버튼을
눌러 버렸고.

"뭐, 뭐야. 왜 끊어요? 사람 무안하게."

"저 사실 목소리가 콤플렉스에요. 3옥타브 왔다 갔다 해서 지금 들려주기 민망하네요."

후에 들은 바에 의하면, 너는 이때 나를 두드려 패버리고 싶었다고 털어놓았다.

"아니 그게 무슨. 신비주의 제대로 잡으..."

"여보세요"

"......여, 여보세요?"

떨리는 네 목소리, 참 맑고 곱네.

"어때요. 3옥타브 같아요? 아니 먼저 걸면 어떡해요. 언젠가 내가 먼저 전화 걸려고 했더니 거 참." 무슨 말을 해야 할지 모르겠다며 너는 황당했는지 깔깔거리며 웃기만 했다. 한참을 그렇게 웃고 또 웃는 바람에 나도 그만 하염없이 웃고, 또 웃고.

웃다, 또 웃다 웃음이 멎을 즈음, 수화기 너머의 네 얼굴을 은밀히 그려 보았다.

묘한 매력의 너를, 조심스레 품은 날이었다.

고백

이마가 예쁜 사람이 좋더라고.
딱밤 때리기 참 좋은 거 같아서.

꿍얼대는 사람이 좋더라고.
삐죽 나온 입, 잡아당길 수 있어서.

네가 좋더라고.
나 돌려 말해 시간 낭비할 필요는 없는 거 같아서.

밥 먹었어요?

진부한 말들이 가슴에 쿡, 박힐 때가 있습니다.
빈말이어도 수고했다는 말 한마디에 뿌듯함을 느끼기도 하고,
뭐가 감사한지 가끔은 생각을 해봐야겠지만,
그래도 감사하다는 말 한마디에 기분이 좋아지기도 해요.

근데 저는 유독 밥 먹었냐는 말이 참 좋더군요.
따스한 온기가 모락모락 피어나는 밥 한 그릇의 정처럼,
상대방을 생각하는 마음이 느껴지니까요.

그래서 오늘도 그대에게 물어봅니다.
밥은 먹었어요?
거 참, 굶고 다니지 말라니까.
밥 먹고 다녀요. 걱정된단 말이야.

사실, 그대가 알아줬으면 좋겠어요.
걱정과 함께 몽글몽글 맺힌 사랑이
수화기 너머 그대에게 모락모락 피어나고 있다는 것을.

포옹

안고 있을 때 특유의 냄새가 좋습니다.
마음을 편안하게 하는 향기랄까.
왜 그런 거 있잖아요, 머리 안 감은 냄새.

안고 있을 때 특유의 품이 좋습니다.
포근하고 아늑한 느낌이랄까.
왜 그런 거 있잖아요. 덩치 좋은 느낌.

어디 포옹 좀 해봅시다.
꽉, 더 세게 끌어안을 거예요.
왜 그런 거 있잖아요.
오래 끌어안고 싶어서 이번엔 장난치기 싫은 거.

꽃

당장에라도 꺾어가고 싶은 그대를 꾹 참고,
내가 꺾은 것은
그대의 향기일 테지요.

중독

포근한 그 말투가 좋습니다.
부끄러울 때면 어디에다 눈을 둬야 할지 몰라
어쩔 줄 모르는 그 표정이 참 귀여워요.

아끼고 정성 다하는 마음으로 그대와 함께하고 싶습니다.
때론 그 마음이 어떠한지 몰라 마음 졸일 수도 있고
혹여 그대가 내게 커다란 아픔을 줄지 모르는 일이나,
나 지금 그대가 원 없이 좋은 걸요.

자연스레 그대에게 집중하게 됩니다.
그대를 사랑하고 싶어요.
사실, 이미 사랑하는지도 모르겠지만요.

사랑

사랑이라는 말은
이 세상 안에 가장 완벽한 것이지만,
내가 그대에게 주는 사랑은
완벽이라는 말에 턱없이 부족할지도 몰라요.

하지만, 내 곁에 그대가 있는 지금,
그 어떤 것도 이보다 완벽할 수 없기에
부족할지 몰라도 나 그대를 진심으로 사랑한다 말할래요.

손발이 찬 너

손발이 찬 너는 추위를 유독 심하게 탄다며 겨울이 질색이라 했다. 수족냉증이 아무리 겨울에 여자들의 잇아이템이어도 너는 괜찮을 거라고. 그걸 대비해서 매번 맛집 탐방하며 살찌운 거 아니냐고 했다가, 하마터면 정강이에 천도복숭아가 그려질 뻔했다.

"이 분 이제 말로 안 되니까 폭력을 서슴지 않으시네. 헤헤"
"그래, 어디 좀 맞자. 우라질 놀부 놈아."
역시나 이번에도 입이 삐죽 나와서 씩씩거린다.
너는 알까. 근래 들어 이렇게 티격태격할 때마다 정강이에 천도복숭아가 새겨질 듯 말 듯 한 스릴이 놀이기구보다 더하면 더하다는 것을.

가만있자, 춥다는 애가 웬 치맛바람. 어이구, 나 말고 누구 보러 가나 입술은 뭐 저렇게 빨갛대. 어라, 저거 내가 선물한 목걸이잖아.

따뜻하게 입고 나오라고 수십 번을 말했지만, 늘 내게 잘 보이고 싶은 그 마음을 무시할 수가 없다. 사실 매번 살쪘다고 투덜대길래 맞장구치는 정도였지, 이 정도면 뭐 딱 보기 좋은 거 아닌가. 어딜 봐서 심각한 상태라는 건지 당최 모를 노릇이다.

여자들은 알다가도 모르겠다. 유독 너는 더욱더 알쏭달쏭하다. 그래서 매일매일 네가 궁금한 건지도.

예쁜 말

예쁜 말 좀 해달라고 투덜대던 그대를 보며, 아직 내 자존심이 허락하지 않아서 안 된다고.
역시 신명 나게 골려줘야 제맛이라며 그로기 상태가 될 때까지 연실 놀려댔죠.

빗자루를 달아 놓은 듯한 그 속눈썹, 이쁘니까 제 방 좀 쓸어주면 안 될까요.
경부 고속 도로 같이 넓은 이마. 반질반질 한 게 딱밤 때리기 딱 좋겠어요.

사실은 말이죠, 나란히 걸을 때면 괜스레 발을 맞출 때가 많아요. 손을 잡고 있을 땐 손바닥을 간질이고 싶고, 나와 눈이 마주칠 때면 자연스레 입꼬리를 올려주고 싶어요. 어디가 아프다는 말을 지나가듯 말해도 걱정하게 되고, 혼자 있을 때면 좋아한다는 것들을 머릿속에 정리하죠.

예쁜 말만 해 주면 혹여 질릴까 봐 아끼고 있었어요.
오늘 같이 새초롬한 표정으로 대놓고 삐져 있을 때,
이렇게 찔끔찔끔 보따리를 풀어 놓으려고.

그대가 날 보며 사랑스럽게 웃네요.
입이 귀에 걸려 어쩔 줄 모른 채로.
아 거 참, 보따리 왕창 풀어 버리면 어쩌려고 그런담.

혹여

신경 쓰이게 하지 말아요.
아니 무슨, 좋아하는 거 같잖아.

신경 쓰이게 하지 말아요.
혹여 사랑이면 어떡해요.

내가 그만큼 그대를

처음엔 동정인 줄만 알았어요.
그 눈빛을 보면 마음이 아려서 그랬는지도 모르죠.
왜 그런 슬픈 눈을 하고 있는 건지.
잘못한 것이 없는데도 본인 탓으로 돌리는 그대가 참 딱했어요.

시무룩하기만 했던 그대가 언젠가 날 보고 웃었을 때,
세상 모든 것이 진동하는 것을 느꼈었죠.
그대 웃음 한 줌이 너무도 소중하다고 느낄 만큼,
그 예쁜 미소에 매혹되어 버렸나 봐요.

내가 그만큼 그댈 좋아해요.
그 누가 뭐라고 한들, 당신 편이 되어 곁에 있고 싶은 마음.
사랑이란 말로도 부족한 이 마음을 전하고 싶네요.
차가웠던 지난날의 아픔마저도 감싸 안을 준비가 됐는데.
어때요, 날 보고 다시 한 번 웃어 줄래요?

꿈에

우리 매일 실랑이 벌이기 바쁜데,
꿈에 나오라는 말은 뭔가 낯간지럽잖아.

그래도 일단 꿈에 나와 봐.
그러고는 링에 올라와.
자, 스파링 한판 해.
얻어맞을 준비하고.

아 글쎄, 일단 나오기나 해 봐.

그렇게 너를

문득문득 생각나는 사람이 되었다 말할까.

무심한 듯 모르는 척 넘기려 해도
남기고 간 잔상이 폐포에 파고드는,
그런 쉼이 없는 사람이라고.

그렇게 문득,
널 좋아하게 되었다고.

잡아

오늘따라 손이 찬 네게
따뜻한 내 손 건네고 싶다.

널 힘들게 한 게 어떤 것들인지,
그 깊이가 어느 정도인지 가늠할 수 없지만
진심으로 내 손이 조금이나마 위로가 되었으면 좋겠어.

힘들면 가끔 짜증 낼 수도 있는 거야.
대신, 날 밀어내지는 마.

감기 조심해요

어젯밤, 이유 모를 우울함에 시달린 그대가 걱정되어 일어나
자마자 연락을 했어요.

일어났어요? 잠은 잘 잤고?
어제 기운 없어 보이던데. 몸은 좀 괜찮아요?
그래요, 다행이네. 일단 늦었으니 얼른 준비해요.

그렇게 연락을 주고받았는데도 무언가 찜찜하길래,
보낼까 말까 고민하다 몇 마디 덧붙였죠.

요즘 날씨가 너무 춥네요.
멋부린다고 옷 얇게 입고 가지 말고 꼭 따뜻하게 입고 나가요.
감기 조심하고요.

진부한 말이겠지만
감기 조심하라는 말, 제가 꼭 해 주고 싶었거든요.

오뉴월 중 어느 날

오뉴월, 개도 안 걸린다는 여름 감기에 걸려 훌쩍이는 너를 보며 쌤통이라고,
그러게 마음씨 좀 곱게 쓰지 그러냐고 약 올렸더니 코 맹맹한 목소리로 웅얼대며 화를 낸다.
가뜩이나 어눌한 말투를 구사하는데 발음마저 뭉개지니, 이보다 귀여울 수가 없다.
화를 내는 모습에도 아랑곳하지 않고 네게 배운 '어버버버?'로 일격을 가했더니, 하마터면 돌팔매질을 당할 뻔했다.

'뭐, 뭐야. 멀쩡한데?'

독한 감기가 콧잔등을 시큼하게 간질이고, 그 간지러움이 기침과 재채기로 폭발하여 이 밤에 너 홀로 외로운 싸움을 하고 있다. 혼자 끙끙거리며 고군분투할 너를 생각하니, 역시나 귀여울 것만 같다.

달빛이 내 뒤통수를 때리고, 가로등이 내 정수리를 쓰담 쓰담 하는 그런 밤.
이 늦은 밤에 총총거리며 네 집 앞을 서성임은, 그런 네가 귀여워서다.
아무래도 쌤통인 네가 귀여우므로, 약 한 봉지 사 들고 이렇게 찾아왔나 보다.

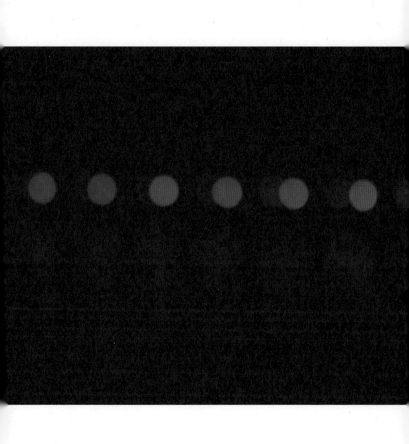

욱여넣고 싶은

너 말이다
보면 볼수록
내 품으로 욱여넣고 싶은 사람이다.

삐져나오지 마라.
나 오랜만에 품은 사랑이거늘.

미래의 마누라에게2

사랑하는 아내,
이 글을 보는 시점이 또 언제일지 난 알지 못하오.
한 가지 확실한 건, 이 글을 볼 때쯤이면 우리 웃는 모습이 제
법 닮았을 테지요.

아니 글쎄, 다름이 아니라 거 방귀 좀 그만 뀌시오.
맨날 웃으며 넘어갔는데, 사실 정말 냄새가 고약하다오.
내 뭐랬소, 밥 좀 제때 챙겨 먹으라니까.
나보다 마음씨가 못돼서 그런 탓일 거요.
결혼하기 전에 내숭 떨던 사람은 어디 갔소?
방귀 냄새에 눈살 찌푸리다 보니 요즘 미간에 주름 잡히는 기
분이오.

읽다 보니 이게 편지인지 메롱인지 약이 오를 테지.
뭐, 메롱이오.

사랑해

어떤 수식어도 필요 없을 만큼
존재 자체로 예쁜 말을
예쁜 존재 자체인 네게.

사랑하기 전과 사랑할 때

사랑, 해요
사랑해요

어려운 말이니까
그대를 사랑하기에 앞서 심호흡 한 번.

그러나 그대를 사랑할 때에는
망설임 없이.

네가 우러나는 하루

책상에 앉아 차를 마셨다.
홀짝홀짝 들이킨 입가에
은은한 향이 오랫동안 앉아 있다.

침대에 눕고는 네 생각을 우린다.
휘휘 저으며 들추어낼수록
깊어지는 색과 향이
금방이라도 쏟아질 기세다.

금방이라도, 네가 쏟아질 것만 같다.

그대라서 좋은 걸요

서로의 시선이 포개지면
부끄럼을 많이 타는 그대는
얼마 못 가 제 눈을 피하고 말죠.

저는 그게 또 귀여워서
집요하게 그 눈빛을 따라가요.
그러다 옆구리를 한 방 맞긴 하지만.

간혹 그대는 저를 보고 묻습니다.
도대체 내가 왜 그렇게 좋은 거냐고.
글쎄요, 뭐가 썬 건지도 모르겠어요.

좋아하는 이유야 많겠지만
무엇보다 그냥 그대라서 한없이 좋은 건데 집요하게 이유를
물으시니,
옆구리 한 번 쿡 찌르는 거죠.

꽃2

많은 꽃 중에
네게 한참 동안 눈길이 가더니
어느덧 내 마음을 화분 삼아
너를 품고 싶어졌다.

어때, 너도 좋지?

눈

고운 네가 흩날리는데
어딘지도 모를 곳에 곤두박질칠까 봐
내 마음 한편에 자릴 내주었다.

스르륵 녹아내릴 수 있는 따스함과
너 생각하며 소복이 쌓아 올린 마음 얹어서.

감성적이면서도 이성적인

뜬금없이 내 눈을 응시하다 네가 씨익 웃는다.
불안하다. 분명 또 다른 고난이 올 것만 같다. 그리고 불행하게
도, 이런 예감은 한 번도 틀린 적이 없다.
"근데 있지, 내가 그래서 어디가 좋아?"
오, 맙소사.
"저기요 아주머니, 그놈의 질문 그거 벌써 몇 번째요? 우라질."
"아 왜! 지금은 그 대답이 또 다를 수도 있잖아!"
"아니 그럼 나도 좀 물어보자. 넌 뭐가 좋다고 날 졸졸 따라
다녀?"

카운터 펀치를 날렸다고 회심의 미소를 짓고 있는데 그런 내
생각과는 달리, 너는 차분히 말하기 시작했다.
"음, 굉장히 감성적인 거 같은데 한편으로는 굉장히 이성적이
야. 오묘한데 그 균형이 참 좋아. 물론 너라는 사람 자체가 좋
은 것이겠지만."
배시시 웃으며 '어때, 나 예쁘지? 빨리 쓰담쓰담 해 줘.' 라는
표정을 짓는 네 모습이었지만,
'이 아줌마가 이런 얘기도 할 줄 아나' 라는 생각으로 천연기념
물 보듯 널 바라본 나였다.

맞는 말이다. 나더러 참 감성적이라고 말하는 사람들은 나를 잘 모르기에 하는 말일 테니.
나더러 참 이성적이라 말하는 사람들은 내 글을 본 적이 없을 테니.

어느 쪽에 가까운지, 나다운 게 무엇인지 고민하던 그 시절, 네가 내뱉은 말 덕분에 내가 찾는 '나다움'은 모호함을 즐기는 그 자체가 될 수도 있다고 생각했다.

날씨가 꽤 춥네요.
그래도 나 보러 와줄 거죠?

안 보고는 못 배길걸요

꽃, 좋아한다길래

널 닮은 수수한 매력의 녀석을
내 설렘 중 제일 고운 놈들과 함께
꼭 안고 가는 길.

—

바람이 차다.
꽃을 건네받을 때의 네 표정을 상상하며 웃음이 나왔지만
혹여 들고 가다 손이 시리진 않을지, 바보 같은 생각을 하던 나
였었다.

어떤 노래 좋아해요?

좋아하는 노래를 묻고 싶습니다.
요즘 어떤 노랠 즐겨 듣고 좋아라 하는지 알고 싶어요.
저는 콩나물 대가리 하나 읽을 줄 모르는 사람이지만,
음악 듣는 것을 매우 좋아하거든요.

좋아하는 노래를 건넬 때면 괜스레 긴장과 떨림이 동반해요.
제가 쓴 글을 보여 주는 것처럼
마치 나란 사람이 까발리는 느낌이랄까.
내가 공감한 노래들이니, 결국 제 얘기잖아요.
어찌 보면 저는, 나란 사람을 그렇게 알려 주고 있는 건지도 모
르겠어요.

내 삶을 함께해 준 곡들을 당신에게 건네는 일.
나의 삶을, 내 감성을 당신에게 들려주는 일.

그대의 하루 속에 그 노래들이 귓가에 끊이질 않는다면,
어쩌면 우린 많이 닮은 건지도 모르겠네요.

어쩌면 우린, 더 많이 닮을 수도 있겠어요.

세상만사 #우라질

놀부 심보가 있습니다. 뭐 굳이 설명하는 것보다, 이 책을 읽다 보면 왜 강놀부인지 알 수 있을 거예요. 여튼, 놀부인 저는 우라질이라는 단어를 많이 씁니다. 욕은 잘 안 하지만, 욕 비슷한 것마저 안 쓰려니 답답한 느낌이 들었어요. 그래서 그런 녀석이 어디 있을까, 고민할 때 우라질이란 녀석이 별안간 나타났죠. 입에 착착 감기는 게, 대놓고 상스러운 욕이라고 말하기도 좀 애매한 비속어. 요놈, 그날부터 제가 갖기로 했습니다.

많이 쓰다 보니 느끼는 게, 세상만사가 정말 우라질인 거 같아요. 그런 제 일상을, 우라질을 소개해 드리도록 하죠.

발상이 유별난

친구에게 이런 얘길 종종 해. 나처럼 발상이 또라이인 사람들끼리 모아 놓으면 참 재밌을 거 같다는 말. 하나를 보더라도 이렇게도, 저렇게도, 다양하고 입체적으로 볼 수 있는 사람들. 그런 사람들과는 나란히 앉아 얘기만 해도 재밌을 거 같아.

예를 들어, 사무실 하나 조그맣게 차려 놓고 월화수목금 매일매일 오전 회의를 거쳐 오늘은 뭘 할 건지 의견을 나눈다 치자. 회의가 시작하면 내가 자신 있게 손을 들고 말하지.
"오늘은 다 같이 놀이터에 가서 500원짜리를 찾아보는 게 어떨까요!"

왜, 웃겨?
글쎄, 하물며 이런 사람들끼리 모이면 부질없어 보이는 짓거리마저 다르게 느껴지지 않을까.

고마워해야 하는 건지

거, 고맙소.
당신 덕에 내가 또 이렇게 성장합디다.

근데 이놈의 거 가끔 생각해 보면,
내가 무슨 공자도 맹자도 아닌데
굳이 원하지도 않던 성장을
댁 같은 양반들 덕에 많이도 하는 듯하오.

별난 인간 자판기

'처음이 어렵지 나중은 그렇지 않을 거다' 라는 자판기는 참 매혹적인데,
자신감이 부족한 사람을 선택하면 용기를 얻어 나오고,
반면에 쓰레기를 선택하면 더욱 기막힌 쓰레기가 되어 나와요.

이 자판기의 또 다른 이름은 '한 번으로 끝나지 않는다는 것'
인데,
이는 쓰레기에 더 큰 힘을 얹어 주어
더더욱 휘황찬란한 쓰레기로 갱생하게 한다는 속설이 있죠.

세상만사 우라질

먹고 살자고 하는 일인데
먹고 살 궁리를 하게 된다.

길치

아 글쎄, 내가 못 찾는 게 아니라
목적지가 자꾸 움직인다니까 그러네.

기죽지 말아요

개판 5분 전 상태라고 기죽지 마세요.
사실 그거, 엄청 스릴 있잖아요.
개판 안 되려 마음 다잡는 것만으로도 충분히 훌륭한 건데.

너무 반듯해도 사는 게 재미가 없잖아요.
전 당신의 익스트림 마인드를 응원합니다.

닉네임 : 내가 말이야

자신의 존엄함을 온몸으로 표현하는 사람들이 있습니다.
그중에서도 입만 열면
"형이 말이야"
"오빠가 말이야"
라고 말하는 사람들, 꼭 있어요.

공작새도 아니고, 정말로 존엄함이 눈부시네요.
우라질 양반들.

특기

특기가 뭐냐고 물어보면 막막할 때가 있었어.
그때 당시 생각해 보니, 특기, 잘하는 것. 뭔가 좋은 말만 써서
보여 주거나 말해야 하는 자리에 적합한 거잖아. 그래서 그런
거 같더라고.

누가 나한테 선재님은 특기가 뭔가요? 했을 때
저요? 사서 고생하기요.
우라질이요.
부질리스요.

이렇게 속 시원하게 말한다고 쳐 봐.
그럼 뭐, 메롱이겠지.

계륵

괜찮은 사람인 거 같으면
소개를 해 주던지,
아니면 그쪽이 오시던지.
거 참 우라질.

역시 내가 제일 멀쩡해

살다 보면 꼭 주위에 인간문화재 삼고 싶은
또라이 한 명쯤 달고 사나 보다.

노동의 성스러움

집중력이 약해서 고민이에요?
그렇다면 일을 해보는 건 어때요?
당신에게 노동의 성스러움을 알려 드리고 싶군요.

오 맙소사.
이건 진짜 알려 줘야만 해.

놀부네 섬

상처만 주고 간 우라질 인연들.
나날이 발전하는 대놓고 미친 것들.

다들 저기 저 멀리 놀부 섬쯤에 박아 놓고
토너먼트 열었으면 좋겠다.
그들만의 리그를 통해 거기서 우승한 사람 상판대기 좀 보게.
왜, 말이 심한가?
아니 쟤네도 자기들보다 더한 미친 것들 만나 봐야 겸손할 줄
알지.

아이러니

남과 비교하는 것이 싫다면서
남보다 뒤처지는 것은 죽기보다 싫은 마음.

3분 인연

헤어진 지 얼마나 되었다고
이 사람 저 사람 만나는 사람들은
오뚜기에서 협찬 받나
사람과의 인연이 3분을 못 넘는가 봐.

인생이와 대화

어느 날 인생이와 대화를 나누었다.

나 : 야, 인생아. 나는 네가 내 계획대로 되는 건 줄 알았다? 근데 너는 왜 갈수록 더 모르겠냐.

인생 : 닥쳐, 그건 니 생각이지 애초에 네 뜻대로 해 줄 생각 없었어 우라질.

녀석, 참 세다.

여유

여유를 갖길 바란다면서
막상 여유가 오면 왜 불안할까.

놀부 양반

'어려서 그래' 라는 말은 나이만을 두고 말하는 게 아니야.
나이가 적건 많건, 생각 자체가 어린 사람들이 있어.
보편적으로 나이가 어린 사람들이 그런 경우가 많지만.

연애를 하더라도 서로 윈윈 할 수 있는 사람을 만나고 싶지,
부모도 아니고 하나부터 열까지 어르고 달래 키워야 한다면
난감해.
뭐 하느라 정말 연락하기가 힘들 거 같으면
지금 바쁘니 나중에 연락하겠다는 말 한마디 해 주면 되는
거야.
느닷없이 기분이 안 좋아졌을 때 가까이 있는 게 연인이라고
화풀이 하지 말고,
어디서 되지도 않는 것을 배워 와서는
'내가 이래도 넌 나를 좋아해 줄 거야' 라고 막무가내로 행동하
지 좀 마.

아니다, 됐다.
너도 그냥 놀부 섬으로 초대해야지 안 되겠다.

뭬

살다 보면 쓰레기 한 트럭쯤 겪게 마련인데,
이왕 이렇게 된 거,
아, 내 인생에 거름이 되어 줄 존재여서 감사합니다는
무슨 우라질.

Dear. 친구 양반

친애하는 친구 양반,
바쁘다는 핑계로 자주 연락 못 하여 미안하오.
근데 그러고 보니 댁도 내게 연락 한 적 없지 않소?

이 상황이 유감이구려.
이쯤에서 그만 퉁 칩시다.
거 참 못난 양반 같으니라고.

그리 아셔요

나 오늘 행복해도 될까요.

나는 왜 자꾸 '될까요' 라는 말로
나 자신에게 행복을 허락받으려 할까요.
마치 행복하면 어디가 덧나는 사람처럼.

그래요, 허락은 무슨.
나 오늘 행복할 거니까 그리 아셔요.

시끄러워

시끄럽고 내 말 들어요.

행복하세요.
부디 행복하세요.

행복할 생각으로 버텨요, 우리.

극명한 차이

좋아하는 데엔 마땅한 이유가 떠오르지 않지만,

싫어함엔 반드시 그럴 만한 이유가 존재하는 법.

중간이 제일 힘들어

사람이 너무 진중하면 재미가 없기 마련이고,
너무 가벼우면 하자 있어 보이기 쉽고.

ㅏ ㅓ

아 다르고 어 다르듯이
너 다르고 나 다른 걸까.

알다가도 모를

알다가도 모를 사람은
알다가도 모를 사랑으로

알다가도 모를 사랑은
알다가도 모를 사람으로.

콩쥐에게

이놈의 지겨운 콩쥐 인생.
밑 빠진 독에 물 붓는 것도 아니고
이게 뭔 부질인가 싶을 때가 많죠.

노력의 결과는 어떤 임계점이라는 포인트를
넘느냐 못 넘느냐로 크게 갈린다고 생각해요.

혹시 아나요.
지금 이 순간만 버티면 두꺼비가 찾아올지.

특별한

어딜 가도 있을 법한 사람 말고
어딜 가도 없을, 그런 사람이기를

소개받았는데 거절하기 난감할 때

미안. 내가 전에 만나던 사람이랑 똑 닮았네.
이건 아니잖아. 우라질.

불행을 자초하다

끊임없이 위로의 말을 듣길 바란다.
행복하길 포기한 사람의 태도로
밑 빠진 독에 물 붓는 것을 모른 채.

미안하지 않은 미안함

미안해서 어쩌지.
네 주위에는 내가 있을지 몰라도
내 주위에는 네가 없는데.

거 참

적당히 똘끼 있는 사람을 원한댔지,

누가 생 미친놈을 원한다고 했나요.

문자 왔어요

유기글님이 힘을 전송하였습니다.

[수락]   [거절]

To. 사랑하는 마누라에게
From. 강놀부

사랑하는 아내,
이게 벌써 공개적으로는 세 번째 편지가 되는 거 같소.

이 글을 보게 될 시점이 언제일는지 난 알지 못하오.
다만 나 가끔 자다가 숨이 답답한 이유는
당신이 내 배에 넓적다리를 올려놓고 드르렁 곯아떨어졌기 때문이며,
나 가끔 의문의 구린내에 잠이 깨는 것은
당신의 인중 냄새 때문이라는 것을 알고 있는 시점일 거요.

다름이 아니라 당신, 요즘 들어 국이 서서히 짜게 됩디다.
쥐도 새도 모르게 속이려 한들, 나는 못 속이오.
아니 그 정도 눈치코치 있는 사람인 것을 알면서 거 너무한 거 아니오?

미안하오, 내가 잘못했소.
먹는 거로 그러지 좀 맙시다.
내가 다 잘못했소. 더는 놀리지 않고 우리 마마를 죽는 날까지
잘 보살피리다.
그러니 제발 된장국의 평화를 지켜 주시오.

아 잠깐만, 마지막으로 한마디가 빠진 거 같소.
어디 보자 그게 그러니까...
퉤.

차라리 몰랐으면

어중간하게 알 바에는 차라리 모르는 사이가 나은 거 같다.
살다 보니, 인사하기 애매한 사람이 너무 많아서.

지금, 사서 걱정하고 있는 너에게

시끄럽다.

아서라.

자라.

이상형

이상형이 뭐냐 물으면 국밥 잘 먹는 사람이라고 말한다.
그게 뭐냐며 역시는 역시라서 역시라더니 또라이가 분명하다
고 말하는데,
자고로 애당초 또라이였고 내 이상형은 그렇다.
아니, 국밥 먹는 모습이 예쁘면 말 다한 거 아닌가?

나 또한 무슨 부귀영화를 누리겠다고 이렇게 사나 싶지만,
부질 찾기가 뭐 쉬운가.

사실 이런저런 감정의 토스 없이 사는 건 아닌데, 어느덧 생각
도 나이도 먹고 있는 터.
일단 나랑 코드가 안 맞으면 절대 만날 수가 없는 거 같다.
그렇다 보니 눈이 높다고 말하기도 뭐하고, 그냥 연애란 게 애
매해졌다.
나는 누군가의 연애 상담사자 박사지만,
정작 나는 연애를 못해 부질 찾아 삼만리, 밥만리 여행가다.

속 시원하게 #퉤

일상에서 버려지거나 지나친 것들을 담아 유기글을 쓰고 있습니다.
그런 제 일상, '유기글'을 뱉은 공간입니다.
많이 고민해봄 직한 것들, 생각해볼 만한 주제,
지나친 것들을 속 시원하게, 진솔하게 뱉었습니다.
그것들에 생각을 나누기도, 자극과 공감이 되기도, 미소를
지을 수 있기를. 또한, 함께 아파하고 토닥이며 게워낼 수 있
길 진심으로 바랍니다.

위로도 중독이 됩니다

위로도 중독이 된다는 거, 알고 있나요. 달고도 달아 끊기가 힘들다는 것을 아시는지.

절망감에 휩싸일 때가 있습니다. 그 어떤 말보다도 따뜻한 말이 절실한, 그럴 때가 있어요.
시작은 좋습니다. 그 어디에서도 그런 말을 듣지 못했으니, 그 말이 얼마나 따뜻하고 귀할까요.

근데 요즘 생각보다 많은 사람이 위로에 중독된 것만 같습니다. 한 번 맛을 보니 이게 참 달거든요. 계속해서 위로의 말을 이곳저곳에서 가져오고 먹어 치우고 있어요. 나를 위한 말인 거 같고, 공감과 감동이 되는 것들이 많으니. 그렇지만 그런 말들을 통해 이제는 일어설 줄 알아야 한다고 봅니다.

'당근과 채찍을 겸해야 한다' 라는 말, 많이 들어보셨을 거예요. 근데 지금 당근만 먹고 있지 않나요. 달려야 갈 길은 아득히 먼데, 먹기만 하다 그 자리에 주저앉은 것은 아닌지.

따뜻한 말 한마디가 가슴을 후벼 팔 때가 있습니다. 그러나 매번 뻔한 위로의 말로 당신을 늪에 인도하고 싶지 않아요. 차라리 가끔은 따끔한 말이 필요하다고 봅니다. 스스로 일어설 힘이 생기도록 도와주거나, 혹은 누군가의 위로에 기대 일어설 수 있게 도와주는 것. 그것이 요즘처럼 힘든 우리에게 진정으로 필요한 것이 아닌가 생각해요.

허하고 좌절감에 사무치던 그 마음, 당근과 채찍을 골고루 받아 앞으로의 달려감에 있어 제 글이 조금이나마 도움이 되었으면 좋겠습니다. 언젠가는 본인의 삶에 감사하고, 떳떳하길 바라는 마음으로요.
그래요. 배를 채웠으니 이제는 일어서야죠.

자존감을 높이라는 말이 어려워요

자존감을 높이라는 말이 어렵고, 자신을 사랑하라는 말이 이해가 안 된다고요?
제 얘기를 해볼까요. 저는 어떤 상황이건 제 자신을 믿고 격려합니다. 지금 당장은 내가 부족할지 몰라도, 나는 결국 해내고 말 것이라고. 나라고 안 될 이유가 전혀 없다고 말이죠.

저는 늘 어떤 성취감에 대한 욕심이 있습니다. 그래서 개인적으로 무소유라는 사상을 싫어해요. 과하지는 않되 적당한 욕심이 존재해야만 삶의 이유가 있다고 생각하거든요. 그런 욕심, 그런 도전 의식도 없으면 제 삶이 너무 지루할 것만 같아서.

하물며 그게 사랑이라 한들 크게 다르지 않다고 봅니다. 아까운 시간을 나뿐만 아니라 서로 할애해서 만나는 건데, 당연히 사랑받아야 할 욕심 정도는 있는 거 아닌가요.

사랑받기를 원하지 말고 그저 아낌없이 퍼주라고요? 맙소사, 저는 그런 성인군자가 아니라서 그렇게 못해요.

나 자신을 내동댕이쳐가면서 무엇에 아파할 이유가 없잖아요. 나는 나 자체만으로도 사랑받기 충분한 사람인데. 나는 이 세상 누구보다 빛날 사람인데 말이죠. 이건 교만과 이기심이 아니라 자긍심입니다. 내가 특별하다고 생각하는 믿음, 그게 중요한 거예요.

누군가에게 악역으로 남는다 해도

누군가에게 악역으로 남는 것을 두려워하지 마세요.
이 세상 모두를 만족하게 할 사람은 없어요.
인간이기에 어쩔 수가 없는 거예요.

살다 보면 꼭 틀어지고 어긋나는 관계가 생기기 마련이잖아
요. 그 일, 그 사람에게 너무 아파하지 말라고요. 인연이라면
그렇게까지 아프지 않아도 지속될 관계였을 겁니다. 그 사람
과의 인연은 거기까지였던 거라고, 차라리 그렇게 생각하세
요. 애초에 당신을 위한 사람이었다면, 어떤 상황에서건 끝까
지 곁에 있었어야죠.

소중했던 사람을 잃은 만큼 소중한 사람이 새롭게 생길 겁니다.
그런 믿음도 없다고요? 세상을 왜 그렇게 힘들기로 작정하고
살아요. 그런 희망마저도 없으면 뭐 어떡하려고. 힘든 만큼 간
절한 것이 희망이잖아요. 왜 그것마저 묵살하고 자포자기로
사는 건데요.

이 상황마저도 누군가 자신을 이끌어 주길 바라지 말아요. 당신 그렇게 나약한 사람 아니야. 혼자 가만히 생각해 봐요. 자신의 어떤 점이 잘못이었는지. 그 부분에 신경 써서 이전보다 더 나은 자신이 되도록 노력하면 돼요.

'내가 좋은 사람이 되어 내게 좋은 사람이 오기를' 이라는 말에는 당신이 먼저 좋은 사람이 되라는 순서가 있는 거잖아요. 좋은 사람이 되도록, 희망부터 품읍시다.

좌절하지 말아요.
좌절하지 말아요. 그대.

나 자신을 믿고 싶어요

신을 믿으라는 것도 아니잖아요.
누군가를 신뢰하라고 한 것도 아니고.
자신을 믿으라는 말이 왜 그렇게 힘들어
본인을 구렁텅이에 내팽개치고 나 몰라라 하고 있어요.
자신도 못 믿으면서, 뭐 그렇게 바라는 건 많은 건데요.

힘들 때도 있겠죠. 많이 버겁기도 할 거예요.
그럼에도 나에 대한 믿음이 무너져서는 안 돼요.
한 번 무너지면 쌓기 힘든 것이 신뢰라는데. 자신에 대한 믿음
이 무너지잖아요?
그 순간 모든 것이 와르르 쓰러지게 됩니다. 결국, 자신에 대한
믿음부터 세우지 않고는 아무것도 되는 게 없어요.

어떤 상황에서건 나라는 사람을 믿어 주세요.
해낼 수 있다고, 할 수 있다고.

많이 많이 예뻐해 줘요.
많이 많이 사랑해 줘요. 그대 본인을.

미래를 현재로 만드는 방법

미래를 현재로 만드는 방법이 있습니다. 사실 그렇게 어려운 것은 아녜요. '뭐 뭐 했으면 좋겠다'를 '뭐 뭐 해서 좋다'라고 바꿔서 말하면 돼요.

예를 들어, '간절히 소망하는 것들이 이루어졌으면 좋겠다'가 아니라 '간절히 소망했던 것들이 이루어져서 좋다'라고.

'이 놀부 놈이 뭐라는 거야, 우라질' 하고 미간 찌푸리지 말고, 속는 셈 치고 한 번 말로 뱉어봐요. 자, 옳지. 퉤.
어때요, 잠깐 맛보았을 뿐인데 황홀하지 않아요?
열심히 해왔다면, 당신은 충분히 잘 될 거예요. 제가 진심으로 응원해 줄게요.

좋은 게 좋은 거라고, 우리 좋게 좋게 생각하기로 하죠.
거 참, 꽃길이 얼마나 달달하면 이렇게 애간장을 태울까, 하고 말이어요.

우리, 솔직해집시다

저는 모든 것에 때가 있다고 생각하는 사람입니다.

그래서 말인데요, 아니 배 좀 나오면 어때요. 아저씨처럼 볼록하게 나온 것도 아니잖아요. 피부가 좀 망가지면 어때요. 나중에 피부과를 가든, 어디서 케어를 받든 하면 되는 거잖아. 체력이 약해서 운동을 한다고? 뜀뛰기 체력이 안 좋은 거지 정신력은 강하잖아요. 당연히 하면 좋죠. 근데 여태 하지도 않다가 왜 꼭 이 시기에 한다는 건데.

지금 아니면 안 되는 것들이 있어요. 지금, 딱 지금 아니면 다시는 없을 기회가 있다고요. 일단 집중해야 그게 되든가 말든가 할 거 아녜요.

좋은 옷, 당연히 입고 싶죠. 피부도, 몸도, 뭐든 다 가꾸고 싶을 거야. 근데, 적어도 이 글 보면서 움찔하는 사람이라면 지나치게 심각한 상태가 아닌 이상 앞서 말한 거 할 때가 아닙니다.

사람이기에 유혹에서 자유롭기란 참 어려워요. 신경 쓰여요. 신경 쓰이니까 찾게 될 수밖에 없어. 근데, 눈이 가고 손이 가더라도 그게 주가 되면 안 돼요. 일단 목표부터 이루어 놓고 그 보상으로 참아 온 유혹들을 마음껏 즐겨도 되는 거잖아요. 어차피 저것들, 힘들어서 그렇지 노력에 따라 얼마든지 개선할 수 있는 것들인데.

간절하면 그럴 수가 없어요.
간절하면, 그럴 수가 없다고.

꿈

꿈, 참 어려운 말인 거 같아요. 정작 내가 무엇을 위해 사는 건지도 모를 때가 많잖아요.

그런 말 있죠? 꿈을 직업이 아닌 '어떤 사람이 될 것이다' 라고 정하라는 말. 왜 그런지 생각해 본 적 있어요? 제 생각은 그래요. 꿈이란 어떤 사람이 될 것인지 방향을 정하고 달려가는 일인데, 애초에 완벽하게 이루지 못할 것으로 설정해 버리는 게 좋아서 그런 얘기를 하는 거 같은. 아, 비밀인가 이거.

제 꿈을 얘기하자면, 사회적으로 좋은 영향력을 줄 수 있는 사람이었으면 합니다. 아닌 걸 아닌 거라 말하며 제 신념을 지킬 수 있길 바라고, 다른 사람들에게 모범이 되는 사람이었으면 해요. 나중엔 살면서 받은 사랑과 물질을 나누며 살고 싶고요.

언젠가 제가 늙었을 때 누군가 이렇게 말한다고 해봐요.

"선재님, 그 꿈 이쯤 되면 이미 이루신 거 아닌가요?"

"아뇨, 저는 그렇게 생각 안 해요. 위에 이런저런 사람이 되고 싶다는 부분에서 '구체적으로 어디까지 되고 싶다' 라는 말이 빠졌잖아요. 이제 좀 이룬 거 같다고 안심하고 태평해지려 으쓱댈 때, '그래서 어디까지 이루었는데?'하고 저 자신을 채찍질하려고요."

아직 꿈을 정하지 못한 여러분, 막연해도 괜찮아요. 평생을 끌고 갈 원동력이 될 본인의 모습을 꿈꾸세요. 완벽하게 이루는 것은 없을지도 모르죠. 욕심이라는 것이 끝이 없으니까.

뭐 그래도 후에 '꿈을 이루기 위해 살던 삶이었다.' 라는 한 줄로 제 인생을 평할 수 있다면, 제법 그럴싸하지 않을까요?

이미 이 모양이 되어 버린 것을 어떡해요

좋은 말, 예쁜 말로 해서 안 될 때는 그냥 냉정하게 얘길해 줘야 한다는 필요성을 느낍니다. 이게 제가 말로 해 줄 수 있는 마지막 단계에요.

저기요, 어디서 되지도 않는 것을 배워 와서는 불행하기를 작정하고 살아요. 고민을 듣다 보니 정말 말도 안 되게 힘든 삶을 사는 사람들이 있더라고요. 그분들, 정말 꾸역꾸역 살기 때문에 하루를 마무리하며 자신에게 이렇게 말합니다. 오늘 하루도 버텨줘서 고맙다고, 시작하는 하루도 파이팅 하자고. 자신의 힘든 점을 남들과 비교하는 것이 그렇게 좋은 방법은 아니라지만, 저런 분들도 이 악물고 열심히 산다고요. 그런데 아무것도 안 느껴져요?

힘들죠. 당연히 미칠 노릇일 거야. 근데 원망한다고 뭐가 달라지는데. 처음엔 주위 사람들, 심지어 가족까지 미워하다가 꼭 이게 사회 구조까지 이어지더라고.

남 탓 사회 탓만 하지 말아요. 사회 구조 개판인 거 맞아. 근데 당신 같은 사람들이 많아지면 이후엔 그게 더 문제야. 본인부터 탓해. 그런 약해 빠진 생각하는 것과 열심히 살 생각도 없이 불평만 늘어놓는 모습. 답답하면 사회 구조를 바꾸는 데 일조할 수 있는 사람이 되려고 해봐요 좀.

인생, 죽을 용기가 없어 산다지만 누구나 행복을 바라고 삽니다. 누구나 조금이라도 행복의 가능성을 두고 산다고요. 영화를 보러 갔는데, 시작한지 몇 분도 안돼서 결말이 예측되어 버린 상황. 자신의 인생을 그런 삼류 영화로 만들고 싶어요?

본인 삶이 어떤 행복으로 다가올지 기대가 되도록 살아요. 이 악물고, 정신 차리고 좀 열심히 살라고.

약해지지 말아요. 당신은 당신이 생각하는 것보다 씩씩한 사람이야.

바보 같다

쉽게 사람을 믿지 않는 것은, 내가 가진 정이 많아 믿는 사람에게 발등 찍혔을 때의 그 허한 마음을 돌이킬 수 없기에. 그런데도 또다시 사람을 믿으려는 내가 바보 같다.

때론 화가 났다.
분명 주위에 사람들은 많아도, 내 진심보다 저들의 마음이 한없이 모자란 거 같아서. 청소년기의 어린 시절, 그런 꽁한 마음에 상처도 많이 받았었다.

언젠가부터 소수이든 다수이든 늘 주위에 좋은 사람들이 함께했다.
그건 바로, 내가 바보가 되는 것을 두려워하지 않았을 때부터.
나 원래 정 많고 사람 대하는 것을 좋아하는 사람이니까.
인간관계에 상처 받지 않고 살 수도 없는 노릇이니까.
그냥 그럴 바에는 나대로 살되, 차라리 상처 받는 것을 덜기로 했다. 나와 맞지 않는 코드의 사람에게 정을 듬뿍 쏟지 말자는 것과 애써 내가 상대방 마음 두드리지 않아도, 인연이라는 것은 그렇게까지 상처 받으며 이어가는 관계가 아니라는 것.

그것을 알게 되니,

바보 되기가 한결 쉬워졌는데도 어느덧 주위에는 좋은 사람들

이 함께하고 있다.

Amor fati

'Amor fati'. 내 좌우명이기도 한 이것은, '네 운명을 사랑하라' 라는 뜻이야. 지금 당장은 어처구니가 없을지도 모르지. 근데 언젠가 이 말이 네게 저릿저릿하게 와 닿을 수 있도록 나는 이 얘길 해줘야겠어.

지금 닥치는 대로 위로를 먹어 치우고 싶을 거야. 아무리 따뜻한 말을 들어도 기분이 허하고 충족되지 않는 상황. 모든 것들이 와르르 무너진 느낌. 다시 일어서기엔 보잘것없는 자신이 화가 나고, 정말 말 그대로 어디서부터 손을 대야 할지 감이 안 잡히겠지.
근데 말야, 너 정말 불행하기만 해? 아니, 그렇지 않을 걸.
네가 뭔데 그렇지 않다고 말하냐고? 단언컨대, 네 불행이 너무나 아프고 커서 네 행복을 집어삼켰을 뿐인 거야.

말도 안 되게 힘든 거 알겠는데, 어차피 피할 수 없는 시련이라면 조금은 숙연해지자. 한 번쯤 생각이라도 해봐. 지금 여기까지 온 게 당장은 화가 나고 속상하겠지만, 이 시간 속에 분명 네 생각은 성숙할 거고, 더더욱 성장할 거야. 내가 대신 감사해줄게. 네가 못하니, 내가 대신 감사해 주겠다고. 지금 이 순간을 통해 앞으로가 더 기대될 네 모습을 말야.

너, 지금부터가 진짜 시작인 거야. 인생 지금 여기서 이대로 끝날 게 아니잖아. 어차피 이 시련, 언젠가는 지나가게 되어 있어. 지금 이 고민도 언젠가 지나갈 때쯤 무척이나 감사한 존재가 될 게 분명해.

지금 백날 고민한들 사실 달라지는 게 없잖아. 이미 엎질러진 물인데, 겸허히 받아들일 줄도 알아야지. 이 순간을 딛고 일어설 것에 감사할 줄도 알아야지.
그 감사함 하나가 얼마나 크게 작용하는지, 너도 한번 네 삶을 사랑해 봐야지.

모임 속의 인간관계

어떠한 모임으로 이런저런 사람을 알게 되고 어울리더라도 따로 연락하거나 만나 본 적이 없다면, 어디까지나 그 사람은 당신이 참여하는 모임 속의 한 사람일 뿐이라고 생각합니다. 냉정하게 말해서, 그냥 아는 사람일 뿐, 당신의 주변 사람이 아니라고 봐요. 아무리 그 모임 속에서 서로 친하게 지낸다고 해도, 따로 보자니 뭔가 좀 찜찜한 기분이 든다면 더더욱 그렇습니다.

저는 모임 속에서 쾌활하고 돋보이는 성격은 아니지만, 조곤조곤 제 할 말 다하는 스타일이에요. 보기 좋게 밥맛인 사람이죠. 어쨌든, 분위기를 즐기면서도 저는 개개인의 특징들이 눈에 들어오더라고요. 누가 나와 잘 맞을지, 생각이 궁금한 사람들이 그 안에 있기 마련이거든요. 원래 사람을 좋아라 하고, 대화 나누는 걸 무진장 즐기는 편인지라 나중에 따로 얘길 해보고 싶은 사람들을 제 나름의 방법으로 스캔하죠.

한때는 모임 속에서 늘 겉도는 느낌이라 그걸 두고 고민했어요. 앞서 말했듯이, 성격상 도란도란한 자리가 아니면 흥미를 못 느꼈었거든요. 제 성격이 문제가 있나 고민도 했었죠. 근데, 어느 날 생각해 보니 어딜 가나 분위기를 돋우는 사람은 있기 마련이잖아요. 그럴 바에는 어딜 가나 있을 법한 사람이기보다, 어딜 가도 없을 사람이 되자고 마음을 먹었습니다. 제가 뭐 말을 잘 못 하는 것도 아니고, 단지 따로 진득하게 한 두 사람 알아가는 재미를 조금 더 즐길 뿐이었던 거죠. 제 성격이 이런 걸 어떡해요.

그 이후로도 여러 사람을 만나며 살고 있습니다. 인간관계야 늘 어려운 문제이긴 하나, 감사하게도 늘 제겐 좋은 사람들이 함께하고 있어 지칠 때마다 다독여 주고 있어요. 모임 속에서 어딘가 겉도는 느낌, 그리고 주변 사람 중 진정 내 사람이 없는 거 같다는 허한 느낌이 들 때, 한 번쯤 그 개개인을 어떻게 생각하고 대했는지 짚고 넘어갈 필요가 있다고 봅니다. 결국은 하기 나름이니까요.

하고 싶은 게 뭔지 모르겠어요

저도 이것에 대해 고민한 시간이 4년 가까이 됩니다. 글이 좋아 장래 희망에 작가라는 두 글자를 적기도 했으며, 음악을 좋아해서 배워 보고 싶기도 했어요. 심지어 사진도 좋고 영화에도 관심이 많았는데, 정작 저는 이공계로 갔습니다.
응? 우라질?

20살, 대학을 원래 지방으로 다녔었는데, 서울로 대학을 다니기 위해 21살에 편입을 준비했어요. 누누이 말하지만, 전 학벌로 사람을 판단하지 않습니다. 막연했지만 예술 쪽에 늘 관심이 많았고, 그 예술적인 기회를 많이 접하려면 지방에서는 한정적인 게 많다고 생각했기에 한 결정이었어요.

편입을 하고 22살에 군대 갈 즈음 하상욱님이 한참 인기몰이를 시작하고 있었는데, 그걸 보니 아차 싶더라고요. 늘 제 일상을 어느 한쪽에 끄적이는 것을 좋아했거든요. 그러더니 SNS에 글 적는 분들이 기하급수적으로 늘어나지 뭐예요. 참 많은 자극을 받았었죠.

간혹 지인들이 제게 말합니다. "야, 공대생이 뭔 글이야. 이럴 거면 왜 여기로 편입했어?" 그냥 그러려니 하고 넘기는 편이지만 이참에 다시 한 번 말해야겠습니다. 등 떠밀려 사는 듯한 기분에 휴학을 하고 뛰쳐나왔어요. 하지만 아 다르고 어 다르다고, 공부를 회피한 게 아니라 제 길을 찾으러 나온 겁니다. 그건 엄연히 다른 거죠.

나와서 제 살길 찾으려고 하다 보니, 시험으로 스트레스 받는 것은 우스울 정도로 하루하루가 참 버겁더군요. 제 글에 대한 확신이 없어. 매일매일 끄적이며 밤을 새웠습니다. 언제부터 시작된 것인지는 모르겠지만, 최근 4시 이전에 자 본 게 손에 꼽아요.

글을 쓰는 지금, 시간 가는 줄 모르도록 정말 즐거워요. 비록 아직은 부족할지 몰라도, 한 사람 한 사람 제 글에 반응해 줄 때면 너무나도 벅차오르거든요. 진정 내가 하고 싶은 것을 찾은 것 같아 감사할 때가 많습니다.
하고 싶은 것을 하라는 말, 용기를 가지라는 말과 같습니다. 지금 당장은 맨땅에 헤딩일지 몰라도 해보고 나서 말하는 것과 해보지도 않고 운운하는 것과는 많은 차이가 있죠. 막연하게 좋아하는 것이어도 괜찮아요. 어느 정도 진지하게 고민한 일이라면, 지금 시작해 보세요. 그 일이 진정 자신이 찾던 하고 싶은 일인지는 과정을 통해 알 수 있을 겁니다

인생에 답은 없습니다. 근데 요즘 많은 사람이 삶의 방향이 답이라도 있는 것처럼 생각하고 행하더라고요. 글쎄요, 거 참 우라질입니다.

너는 어때?

행복하길 바랐어. 소소한 일상에서 행복을 찾으라는 말, 바라던 행복이 너무 커서 그게 귀에 안 들어오더라고.

늘 남 탓, 사회 탓만 하던 나였어. 근데 어느 날 생각해 보니 웃기더라. 그런 나는 잘난 사람도 아니고, 대한민국을 떠날 용기도 없으면서 뭐하자는 건지 나 자신이 이해가 안 가더라고. 그때, 비로소 내가 되고자 하는 나란 사람에 비해 부족하기만 한 내 모습을 인정하게 되더라. 내가 바라는 나란 사람은 너무도 큰 욕심이어서 그걸 평생 채울 수 없을지도 몰라. 근데, 그 욕심 때문에 늘 겸손하게 되더라고.

간절했어. 그동안 내가 했던 노력은 하는 척이었던 것이지 간절한 건 아니었더라고. 그래서 반성하고는 이 악물고 노력했어. 배워가는 것에 즐거움을 느꼈고, 노력하는 내 모습에 내가 신기할 만큼 말이야.

하루하루가 고되긴 했지만, 매일 새로운 내 모습이 기대되어 감사하더라고. 만나게 된 소중한 인연들, 자그마한 여유, 심지어 지금처럼 눈코 뜰 새 없이 바쁘더라도, 이 속에 배울 것들이 가득하고 내가 성장할 수 있다는 게 감사한 거야.

자그마한 것들에서도 감사할 줄 알라는 말, 겉돌고 겉돌아 내게 와 닿지 않던 말이 결국 이거였던 거지. 지금은 그 감사함을 나눌 줄 아는 사람임에 행복하다 말하고 싶어.

네가 혼자이길 두려워하지 않았으면 좋겠다. 외로울 거야. 그 쓸쓸함이 어떤 건지, 난 이른 나이에 피부로 느낀 적이 있어. 나도 그런 적이 있으니까 너도 그러라고 말하지는 않을게. 다만 혼자임을 두려워하지 않고 온전히 받아들이게 되었을 때, 너란 사람이 정말 눈부신 성장을 하게 될 거라는 것을 단언컨대 장담하지.

난 그렇게 욕심 때문에 겸손하고, 감사함에 행복을 느끼고는 해. 너는 어때?

만남에 신중해

난 여전히 만남이라는 것에 신중해. 이 사람 저 사람 만나봐야 경험이라던데.
글쎄, 그런 시간조차 이젠 아까운 거 같아. 아무나 만나고 싶지 않다고 했을 뿐 사실 많은 것을 바라는 게 아닌데, 시간이 갈수록 많은 걸 바라는 사람인 양 되어 버렸나 봐.

그래 연락도 좋다 이거야. 근데 이젠 침 좀 튀기고 싶어.
만남 없는 연락으로 손가락 운동만 하는 거, 귀찮아서 못하겠다고.
침 튀기며 재잘재잘 사랑하고 싶어.
눈빛만으로도 좋아서 어쩔 줄 모르는, 그런 사랑을 하고 싶어 신중한 거라고.

이야기만으로

이야기만으로도 시간 가는 줄 모르는 사람이 있습니다.
참 이상하죠. 게임이나 운동을 같이한 것도 아니고 영화와 같은 문화생활을 함께한 것도 아닌 데다, 심지어 술잔을 나눈 적도 없는데. 이 사람, 그냥 같이 얘기를 나눈 것만으로도 참 인상적이네요.

어딜 가서 뭘 할지 생각하고 모이는, 그런 만남도 나쁘지 않지만, 당신과는 매번 어떤 얘기를 하게 될지 기대하게 됩니다. 어딜 가서 어떤 추억을 남길지 생각하는 것도 설레는 것이지만, 당신을 더욱 알게 될 하루하루가 신이 나는 것이겠죠.

그렇게 이야기만으로도 설레게 하는 재주가 그대에게 있나 봅니다. 그렇게, 재잘대는 것만으로도 행복할 수 있음을 그대를 통해 배웠습니다.

안녕

버스에 올라타서는 노곤함을 늘어뜨릴 자릴 찾아 앉았어. 근데 바로 앞에 웬 여자가 고개를 뒤로 젖히고는 입을 헤 벌리며 졸고 있는 거야. 머리를 뒤로 질끈 묶은 모습이었는데, 머리 꽁지가 리듬을 타더라고. 뭐랄까, 낚시 추가 수면 위를 들락날락 빼꼼하는 모습이었다고 할까. 하여튼 그분의 고귀한 자태를 슬쩍 보고는, 나도 모르게 피식거렸지 뭐람.

너는 검은 머리칼을 종종 뒤로 쓸어 넘겨 질끈 묶곤 했지. 같이 버스에 앉을 때면 피곤함에 투덜대다 내 어깨에 머리를 맡기는 일이 많았던 거 같아. 사실 지금 와서 말하는 건데, 가끔 네가 내 어깨에 곤히 잠들 때면 머리 꽁지를 살포시 잡아 당겨보고 싶었어. 무슨 심보인지는 묻지 말아줬으면 좋겠다. 내 숨겨진 똘끼는 우주의 비밀인 거 알잖아.

시간이 해결해 줄 거라는, 그 막연함만 부둥켜안았었어. 간신히 일어설 수 있을 때가 되자, 어느덧 내가 시간에 기대어 서 있더라고. 간혹 중심 잡기가 어려워 내 몸무게가 쏠릴 때면, 버텨오던 시간과 함께 우당탕 뒤로 자빠져 아파해야 했지. 그런 과정을 몇 번이나 반복한 건지 모르겠다.

사실 어느 순간부터 네 생각이 도통 나질 않더라고.
아예 잊고 살다시피 했지. 근데 방금 저분 누구랑 닮았다 했더
니, 알고 보니 그게 너였던 거 있지. 뭐, 단지 그뿐이야

안녕, 난 나름 재밌게 살고 있어. 어떻게 지내냐는 낯간지런 말
은 하지 않는 게 좋으려나.
미안하지만 연락할 마음도, 보고 싶은 마음도 없어. 난 지금 이
대로가 좋거든. 근데 말이야, 혹시 오늘 머리 묶고 다녔어? 괜
스레 뒷목이 좀 뻐근한 느낌이라면, 그거 그냥 기분 탓일 거야.

잘 지내.
안녕.

그럴 바엔 혼자인 지금이 편해요

저는 누굴 알아가는 과정에서 흐름을 굉장히 중요시합니다. 만약 이 흐름이 어기적거리기 시작하면 싫증이 나고, 심해질 땐 언제 달궈지기라도 했냐는 듯이 차갑게 식어버려요. 예전에는 그러지 않았는데, 이제는 성격상 알아가는 단계의 흐름이 비교적 간결하고 명확하길 바라는 마음이에요.

오래 알던 사람이 문득 이성으로 다가오는 것이면 몰라도, 새로 알게 된 인연을 일부러 오래도록 알아가려 하는 게 힘들더군요. 어느 정도 신중한 끝에 확신을 가진 사람이고 좋아하는 감정이 분명한데, 지금 그 마음이 나중에 유효하다고 볼 수는 없으니까요.

짧게라도 좋아요. 저는 만남이라는 그 자체를 중요시하거든요. 아무리 바쁘더라도, 좋아하면 조금이라도 만날 수 있는 시간을 마련하게 되더라고요. 만남은 더디고, 연락은 줄어들고. 어느덧 흐름이 뚝 끊긴 기분에 지칠 때면, 저는 이 사람과의 관계를 정의하고 싶어집니다. 우리 대체 무슨 관계냐고. 서로 호감이 있긴 한 거냐고.

연인이 되어 신뢰를 쌓던 사이가 아니었잖아요. 저는 지금껏 알아가는 과정에서 흐름이 끊긴 것 치고, 좋게 만난 기억이 없습니다. 꾸역꾸역 연인으로 발전이 된다 해도, 늘 불안정한 흐름 속에 상대를 만나야만 했으니까요.

죄송해요.
이제 그런 감정 낭비, 시간 낭비를 하기엔 제가 너무 소중해서.
더는 불명확한 감정에 아파하며 고민하고 싶지 않아요.
그럴 바엔 혼자인 지금이 백번 천 번 편해서, 그래서 미안해요.

아빠

"선재냐"
수화기 너머 반가움이 묻어나는 목소리. 그 세 글자가 뭐라고
여운이 남는다. 요즘의 아빠는 뭐랄까, 왜 이리 날 짠하게 하는
건지.

아빠는 가족들을 위해 성실히, 늘 잡다한 일까지 마다치 않았
지만, 불같은 성격을 참지 못해 마음대로였다. 무서웠지만 머
리가 커가며 나는 그런 아빠를 불평했고, 열심히 대들기 시작
했다. 할머니 댁 개 농장에서 누린내를 맡아가며 개밥 주는 것
을 돕는 내 모습이 싫었고, 어느덧 내 방 하나 없던 집이 싫었
으며, 방학 때 빈둥대고 있으면 인력을 보내고, 새벽마다 동네
의 폐지를 줍자며 억지로 깨우는 그 손길이 싫었으니까.

동네에서 폐지 줍는 내 모습이 너무 화가 났던 어느 날, 행여
친구들이 보면 어쩌나 조심조심하다가 그날 집에 와서 아빠에
게 크게 대들었다. 이걸 내가 도대체 왜 해야 하냐고, 아빠가
나한테 해준 게 뭐냐고. 해서는 안 될, 쪽팔리다는 말로 아비
마음에 비수를 꽂아가면서.

하지만 나는 결국 삐뚤어지지 않았다. 정확히 말하면, 그럴 수가 없었다. 아빠가 내게 이런저런 경험을 보여준 것은, 직업에 귀천은 없다지만 내 자식은 보다 더 잘 살았으면 하는 여느 부모의 마음과 같을 테니까. 그걸 알면서도 모른 척하는 것은 그야말로 양아치니까.

시간이 흘렀고 어느덧 아들내미는 군에서 전역을 하게 됐다. 입대할 때도 그러더니, 아빠는 내가 전역을 한 날에도 눈물을 보였다. 사정상 아빠가 군에 가지 못했는데, 자신이 못한 것을 네가 해냈다며 부대 앞에 마중 나와 껴안고는 슬피 울었다. 아팠던, 힘들었던 아빠의 세월이 쥐어 짜여 눈물로 터져 나온 순간. 나도 그만 눈가가 얼얼해진다. 군 생활 동안 아빠 생각하며 참 열심히 했다고, 꼭 끌어안아 말할 수 있어 참 행복했던 순간.

자랑스럽다. 두 손으로 평생 가족을 위해 헌신한 모습이.
가끔은 찡하다. 불같던 사람이 세월의 흐름에 유순해진다는 게.
가장으로서의 삶은 또 얼마나 쓸쓸하고 외로웠을지.

우연인지 필연인지 몰라도, 파란만장한 지금의 내 삶이 아빠의 청춘을 많이 닮았다. 그래서, 그래서 요즘 아빠를 생각하면 많이 아리다.

강놀부, 5살 때의 일상

어린이집에 다녀와서는 오늘도 어김없이 "엄마 나 500원만!" 하고 외친다.

500원을 손에 꼭 쥐고는 껑충껑충 집 앞 구멍가게로 뛰어가 아이스크림을 고른다. 캔디바를 오른손에 쥐고 씨익 한 번 웃어주면, 이 순간만큼은 세상만사가 다 내 것이다. 목표물을 날름거리며 음미하는 중, 오늘도 어김없이 으악! 하는 외마디 비명과 함께 몸이 앞으로 쏠리더니, 쿵. 하고 엎어진다.

집 현관문 앞에 철판 대기 모서리가 삐죽 나와 있었는데, 항상 그곳에 걸려 보기 좋게 에어쇼를 펼치며 자빠졌다. 정말 하루도 빠짐없이 그러는 바람에 오죽하면 내 무릎은 성한 날이 없었을 정도로.

세상에서 가장 한스러운 표정으로 우는 5살 꼬마를 보며, 엄마는 "우이씨, 엄마가 혼내줄게!"하고는 철판 대기를 몇 차례 걷어찬다. 그런 엄마를 보고 심술패기 꼬마는 엄지를 치켜세우며 "엄마 최고! 최고!"라고 말하더니, 이내 기분이 풀린 모양이다.

지혜

학벌이 좋은 사람은 어디까지나 '공부 좀 한 사람'이지 사람을 학벌로 판단하고 싶지 않습니다. 물론 보편적으로 지식을 갖춘 사람이 그렇지 않은 사람에 비해 지혜로울 확률은 높지만, 아 다르고 어 다르다고 지식과 지혜는 다른 것이니까요.

그렇다면 '지혜롭다'는 무엇일까요. 최근 들어 '자신을 잘 표현할 줄 아는 사람'이 그 해답에 가깝다고 느낍니다. 예를 들어, 말 잘하는 사람치고 지혜롭지 않은 사람이 있나 싶더라고요.

그럼 그 지혜는 어디서 오는 걸까요? 생각을 해봤더니 제가 내린 결론은 결국 경험입니다. 사람을 대한다거나, 세상을 살며 이런저런 일을 겪은 본인의 노하우. 그 경험이 결국 고스란히 그런 지혜를 만든다고 생각이 들더라고요.

왜 그런 말 있잖아요. '사는 대로 생각하지 말고, 생각하는 대로 살자.'

세상이 저를 째려보게끔 내버려 두는 것이 아니라, 제가 세상을 째려보고 싶어요. 그 어느 때보다 지혜가 간절한 시점. 저도 여러분도 지혜로운 사람이 되었으면 좋겠습니다.

미련의 응어리에게

미련이 없을 수는 없겠지. 하지만 그 미련이 덜 하도록 최선을 다하는 게 좋다라는 말이야. 결국 네 마음의 응어리를 퍼내는 게 중요하니까. 이별에 노련한 사람이 어디 있겠어. 아무 얘기도 들리지 않는 상황인 거 알겠는데, 나라고 그런 경험이 없어 일부러 차갑게 말하는 게 아니야.

붙잡고 싶어 바짓가랑이라도 붙들겠다는 심정으로 잡아 본 적이 있었어. 끼지라는 말이 물렁한 내 마음을 사정없이 발길질하는 거 같았고, 찌질하다는, 병신 같은 새끼라는 말을 들었을 때 칼로 난도질을 당한 기분이었지.

그 사람, 끝내 잡히지 않았어. 괜찮냐고? 응, 지금은 잡히지 않아서 다행이라 생각해.
너무 쉽게 마음 준 내가 병신 같았지.
이미 끝났다 하는데, 나는 끝나지 않은 사랑이었으니까.
언젠가라는 말로 위안을 삼으며 지켜보려 했어.
지켜보고, 지켜보는데. 갑자기 내가 불쌍한 거야.
이런 내가 전보다도 병신 같더라. 나는 왜 이래야 하나 싶고, 나는 왜, 이래야 하나 싶어 결국 끊지는 못하고 억지로 놓아주었어.

쉽게 마음 준 만큼, 좋아한 만큼, 사랑한 만큼 아픈 것이거늘
나는 왜 쉽게 마음을 줬을까, 좋아했을까, 사랑했을까.
어차피 나란 인간 쉽게 바꾸지 못하여서
이전과 같이 쉽게 정 주고 마음 주고 한다지만,
이별하게 됐을 경우 그때처럼 붙잡지 못하겠더라고.
이젠 그렇게까지 매달리고 싶지 않아서 그런가 봐.

내게 잊을 수 없는 밤을 안겨 준 사람이 있듯,
네게 지금 그 사람도 그런 거니.
나 솔직히 말하건대, 그날 밤의 나를 후회하진 않아.
그날 밤의 나, 지금 하라고 해도 못 할 노릇이야
아닌 걸 알지만 잡고 싶다며. 정말 옆에 없으면 미칠 거 같다
며. 그러면 너한테 그 사람, 그날 밤은 어떤 존재인 건데.

할 수 있는 만큼 최선을 다 해봐.
그렇다고 뉴스에 나올 법한 사람이 되진 말고.

힘내. 낼 힘이 없으면 힘내는 척이라도 해 주라.
맨날 풀 죽어 있을 수는 없잖아.
이건 부탁이야.

아무개에게

오늘도 일과를 마치고 버스에 올라탄다. 외국 수박 앱을 누르고는, 요즘 빠져 있는 이영훈 앨범을 재생하니 이보다 행복할 수가 없다. 바로 그때, 불현듯 들려오는 끅끅 소리. '뭐지?' 고개를 돌려 뒤를 보니 어느 남자가 수화기를 붙잡고 흐느끼고 있다가, 내 인기척을 느끼고는 황급히 고개를 돌린다. 아뿔싸.

최대한 자연스럽게 창밖을 보며, 난 전혀 못 봤으니 울던 거마저 울라는 제스처를 보였지만 부질없다 생각했다. 뒷사람의 흐느낌이 점점 깊어졌기 때문. 신경 쓰지 않고 이어폰의 노랫소리에 집중하려 했지만, 정말 서럽게 울어대서 나도 모르게 마음이 울적해졌다. 시련이라도 당한 걸까. 괜스레 그의 아픔이 궁금해진다.

"엄마. 미안해요. 나 정말 잘 되고 싶었는데. 미안해요. 정말 미안해. 내가…… 정말 마음처럼 잘 안 돼서 너무 죄송해요. 못난 아들이라 미안해, 미안해요."

내 또래의 나이. 입시인지 뭔지, 어떤 시험을 준비한 모양. 얼굴은 빨갛게 달아오른 것이 술 한 잔 걸치고 어머님과 통화를 하는 듯했다.
왜 그 모습에서 과거의 내 모습이 스치는 걸까. 어느덧 나는 그 아픔에 공감하고 있는 오지랖을 보이고 있다.

도로 위에 헤엄치던 버스가 종점에서 아가미를 연다. 사람들이 하나 둘 일어나기 시작하는데, 그는 마지막에 나가려 작정한 모양. 먼저 자릴 일어나 카드 찍고 뛰쳐나오자니 왠지 마음이 무겁다. 먹고 살자고 한 노력이 수포로 돌아갔을 때의 실망감, 생각만 해도 토악질이 난다.

집 앞 마트에서 장을 보고 집에 들어서는 길. 뭐지, 조금 전 버스 안의 그 남자가 우리 집 맞은편 건물 앞에 서 있었다.
'뭐야, 여기 사는 건가.'
발을 동동 구르고는, 이리저리 왔다 갔다 어쩔 줄 모르는 모습. 저 모습이 내가 먼지 속에 묻어둔 기억의 하루쯤 되는 거 같아 마음이 아려왔다.

오지랖이 몇 분간 날 정체시키고는 어렵다고 하기에도, 어쩔 수 없다고 말하기도 뭐한, 그런 발걸음을 떼며 이내 집으로 향하는 길.
—
아무개 친구, 슬플 작정이거든 오늘 다 쏟아 붓길 바라요.
이왕 이렇게 된 거 속이 헛헛할 정도로 토해내고, 언젠가 지쳐 잠이 들길 바랍니다.
고생 많았어요. 자신이 부끄럽고 화가 나겠지만, 그럼에도 어머님께는 자랑스러운 아들일 거예요.

내일 어머님이 제일 걱정하실 거 알려드릴까요.
저희 엄마도 그렇고 댁네 어머님도 그렇고,
아들 밥 거르는 거 싫어하세요.

사람을 대하는 '나다움'

왜 그런 거 있잖아. 여러 친구가 있어도 이 친구한테는 이렇게 대하고 싶고, 저 친구한텐 이렇게 대하고 싶은 게 좀 다른 거. 예를 들어, 어떤 친구는 놀리고 장난치고 싶어서 좀 괴롭히게 돼. 어떤 친구는 좀 무뚝뚝한 맛이 있어서, 그냥 딱 모이면 할 거 하고 흩어지고 어떤 친구는 나처럼 입이 쉬질 않아 가지고, 만나면 침 튀기는 재미, 퉤 퉤 거리는 재미가 있지. 이렇듯 각기 다른 내 모습이 낯설어서 어릴 적엔 어떤 게 진정한 내 모습인지 모를 때가 있었어.

근데 크다 보니 그게 아니더라고. 친구가 그렇듯, 세상에 여러 사람이 있고 저마다의 매력이 있잖아.
나를 매료시키기도 하고, 나와는 맞지 않는 매력이라 거부감이 들기도 하고 그런 거지 뭐. 그렇게 저마다 다른 인간미가 있기에 세상이 그나마 재밌는 거 같아.
그러니까 누군가를 대할 때마다 달라지는 네 모습에 '나다움'이 뭔지 고민하지 않았으면 좋겠다. 결국 이런 사람을 대할 때는 이런 모습, 저런 사람을 대할 때는 저런 모습. 그 모든 것들이 사람을 대하는 '나다움' 아닐까.

다독에 대한 생각

책이요? 많이 읽으면 좋죠. 지식도 넓어지고 세상이 더 폭넓게 느껴질 테니. 근데 그건 간접적으로 경험한 지식의 세계잖아요. 그 지식, 활용하지 못하면 뭐하나요. 어디 가서 지식 자랑하고 싶어서 입만 근질거리겠죠.

제가 이런 생각이어서 그런 것인지는 몰라도, 누군가에게 책 많이 읽으라는 권유를 하지는 않습니다. 한 권을 읽더라도 제대로 된 책을 여러 번 읽고 자기 것으로 만드는 게 중요하다고 봐요. 그것도 여유가 안 되면 그냥 그 시간에 사람들 만나고, 여행하고, 직접 느끼고 경험하는 것이 참되다고 봅니다. 백날 글로만 알면 뭐해요, 걸음마 뗄 용기도 없는데.

그런 글을 전달하는 저자가 막상 자신이 만들어 놓은 세계의 국한된다면, 본인의 행동에는 책임이 없고 글로만, 말로만 뻔질나게 떠들어 댄다면 전 그 사람을 신랄하게 비판할 겁니다. 글 쓰는 사람이기 이전에 떳떳한 사람이어야 하지 않을까요?

우라질, 잘나가

우라질이라는 사람이 있어요. 이 친구, 우라질이라는 말을 입에 달고 사는 양반이죠. 구체적으로 어떤 사람이냐고요? 글쎄요, 제가 볼 땐 심성이 고약해요. 근데 지도 그걸 아는지 자기더러 놀부라고 말하더라고요. 양심은 있는 건지 거 참. 세상만사가 우라질이라며 우라질우라질 거리더니, 뭔 바람이 분 건지 어느 날 글을 쓰겠다고 깝죽거리더군요. 얼마 전부터는 꼴에 책을 내겠다고 서점을 기웃기웃하고 있어요.

그런 우라질에게 잘나가라는 친구가 있어요. 이 친구는 잘나가를 입에 달고 사는 친구죠.
잘나가를 입에 달고 산다라. 이게 어떤 얘기냐면 말이죠.
"여어, 우라질 뭐하냐"
"나? 지금 밥 먹는다"
"크으... 잘 나가~"
밥 먹는 게 잘 나간대요. 진짜 이래요. 제 친구이지만 근본 없는 또라이입니다.
올해 초부터 잘나가를 입에 달고 살더니, 저도 전염되어 말끝마다 잘나가를 붙이기 시작했어요. "크으.. 잘나가~", "이야... 하여튼 우라지게 날아가~"

근데 웬걸, 말이 씨가 된 걸까요. 이 자식이 금융권 취업 준비생이라 채용 시험을 앞두고 있었는데, 시험 2주 전에 차를 몰고 돌아다니다 사고가 나서 날라 갔어요. 병문안 갔을 때 똥 기저귀 차고 있는 녀석을 보며 하여튼 드럽게 잘나간다고, 괜찮냐고 말했더니 웃으며 한다는 소리가 압권이더라고요.
"니가 하도 날아가 날아가 하니까 진짜 날아갔잖아. 이 우라질아"

말이 참 웃겨요. 이게 진짜 씨가 되는 거 같더라고요. 이 친구에겐 그게 좀 미안한 방면으로 튄 거 같긴 하지만, 에헴. 어쨌든 우라질이기만 했던 저, 여전히 부족하긴 하지만 그래도 여기까지 오게 된 게 이 친구가 늘 말해 준 잘나가 덕은 아니었는지.

자, 읽고 있지만 말고 오늘 소중한 인연에게 '잘나가' 한 번 말해 주는 건 어때요?
하여튼 우라지게 잘나간다고.
잘나갈 거라고.

혼자이기 싫다가도 혼자 있고 싶은

혼자 다니는 것이 너무 익숙하고 당연해서 그런지,
혼자 밥 먹는 걸 못한다는 사람들에게 그 별거 아닌 것을 여태
못 했냐고 으스대기도.
괜스레 오밤중에 영화가 보고 싶어 저벅저벅 극장에 가서 심
야 영화를 보고 오기도 하며, 옷을 사러 갈 때도 귀찮아서 혼자
다니는 편이야.

외롭지 않냐고? 맞아, 사실 혼자인 게 익숙해지니 편하긴 한
데. 가끔은 적적한 마음을 숨길 수 없더라고.
그래서 용기 낸 시간에 누굴 만나기도, 하다못해 친구를 만나
시간을 보내곤 해. 근데 그동안 이들과 나 사이에 무슨 벽이 쌓
인 건지, 어느덧 나와 다른 곳을 보고 있는 사람들. 이럴 바엔
차라리 혼자가 낫겠다 싶은 거지.

혼자인 게 싫다가도
혼자가 되고 싶은 마음.

실은 혼자가 되고 싶다가도
혼자인 게 싫은 마음인데 말야.

이것만 생각해

이것만 생각해. 둘 중 하나는 반드시 칼을 빼 들어야 하는 거야.
나한테 갠 왜 이러는 거냐고? 날 왜 이렇게 흔드냐고?
너는 그럼 왜 그러냐. 왜 또 흔들려.

시끄럽고, 걔가 못하잖아? 그럼 네가 해야만 해.
눈치 게임 하다가 시간만 간다.

그 사람, 함께 할 거면 함께 하고 쳐낼 거면 이번 기회에 확실
하게 쳐냈으면 좋겠어.
나는 단지 네가 그 사람 때문에 고생하는 걸 보고 싶지 않은
거야.

어째 나 빼고 다들 열심히 사는 듯한 기분

또래 놈들을 보자니 열심히 뭔가를 하고 있다. 하다못해 들이 닥칠 앞날을 대비해 뭔가를 준비한다. 막말로 내일 당장 죽으면 그 모든 게 수포가 되지 않냐고 말해 주고 싶지만, 가만히 있는 내가 불안하다. 몹시 불안하다. 근데 뭘 해야 할지 몰라서 더더욱 불안하다

'그래, 뭐 어쩌겠어. 내 인생이고, 나는 나대로 가면 되는 거야.' 라는 생각으로 뚝심 있게 살고 있지만, 지난날의 이슈를 대강 본다는 것이 눈 뜨고 코 베인 격으로 시간을 도둑맞아 버리기 일쑤고, 먹고 살자고 하는 거니 밥은 먹고 있지만 하는 건 없이 밥만 축내고 있는 내 모습이 보인다. 이런 내가 참 자랑스럽다. 까꿍?

그렇다고 번갯불에 콩 구워 먹듯 '그래, 내 인생은 너로 정했다!' 하자니 당장 내일 일도 모르는 와중에 섣불리 뛰어들기 어려워 보이고, 내가 해낼 수 있을 지도 의문.
머리 위에 있던 해가 미끄럼틀을 타며 세상을 볼 때쯤, 난데없이 창가에 까꿍 거리는 햇살 한 줌. 덩달아 도리도리 잼잼 하다 하품이 뻐끔 나오고, 역시 귀찮은 건 제껴야 제맛이라며 나 또한 난데없이 퍼질러 자기 시작한다. 그렇게, 다람쥐 쳇바퀴 돌리는 일상이 어느덧 1월 중순을 가리킨다.

이런 불안함을 어디서부터 손을 대야 할지, 나는 그게 두렵다.
누구보다 내 문제에 대해 명확히 잘 알고 있는데, 해결할 마음
이 없는 건지 뭔지.
에라 모르겠다. 나란 놈, 역시 쳇바퀴나 돌려야 제맛.

-16년, 1월의 어느 날.

엄마

일이 끝나고 집으로 가는 길이면 엄마랑 통화를 한다.

"응 엄마, 뭐해유"

"선재~ 니 엄마 땅콩 깐다"

"땅코옹?"

"응. 그나저나 이노무 시끼, 딸기 사 먹었어 안 사먹었어"

"에헴."

"아니 딸기가 요즘 싸고 영양가가 그렇게 좋다니까 그러네."

"에베베베뱁?"

바쁜 일상을 보내는 듯한 아들이 걱정되어 엄마는 며칠 전부
터 딸기 사 먹어라 노래를 불렀지만, 아들은 매번 애 늙은 헛기
침만 해대며 요리조리 빠져나가고 있다. 이런 나를 두고 엄마
는 누구 닮았냐고 묻고, 나는 곧바로 좀팽이 엄마 닮았다고 말
한다. 메롱이다.

올해 환갑을 맞는 우리 이 여사님. 원체 소녀 같은 감성을 가진
데다 특출난 놀부 심보를 가지고 계셔서 그런지 동안이지만,
삶은 늘 고생이 흥건했다.

엄마는 자식밖에 모르는 사람이었다. 새벽부터 아빠와 같이
우유 유통 일을 했던 엄마. 오토바이를 타다 빙판길에 미끄러
지기도, 차와 사고가 나기도, 우유가 터지면 고객들의 항의를

들어야 했던 힘든 일. 하지만 하나뿐인 아들내미 아침밥 챙겨주지 못하는 것을 제일 속상해하던 사람.

또한, 견뎌준 것에 감사한 사람이다. 누나들 대학 등록금 마련을 위해 가게를 인수했던 내 사춘기 시절. 무리해서 가게를 인수했던 탓인지 어느덧 집은 사라지고 가게 안의 방 한 칸에 옹기종기 살고 있던 때. 하루가 멀다 하고 집안의 아찔한 순간들이 빗발치듯 지나갔고, 그 시간 속에 엄마의 몸과 마음이 들쑤셔진 것은 어쩔 수 없는 필연이었지만, 끝끝내 포기하지 않고 버텨줬으니.

—

엄마, 나 올해 반오십이래. 고생고생해서 낳은 아들, 이제 어디가서 꼬맹이라는 말도 못하겠네. 사실 몇 번 말하긴 했는데, 크면서 이런 생각을 많이 했다? '내가 조금만 더 빨리 태어났더라면.' 그랬다면 또래보다 엄마나 아빠가 나이가 많지도 않을거고, 조금 더 건강할 수 있잖아. 내가 더 오랜 시간 볼 수 있는 거잖아.

그래도 난 지금 너무 감사해. 모진 시간을 견뎌내고, 그 손으로 우리 삼남매 뒷바라지해주어 우리 집 다시 여기까지 온 거잖아. 가끔 말도 안 된다고 생각할 때가 많아. 인간이기에 배가 부른 소릴 낼 때도, 투덜댈 때도 있다지만, 그래도 정말 살아있음에 감사해야 하지 않을까 싶어.

자식 농사 잘 지어서 다행이라는 엄마. 유독 어디로 튈지 모르는 아들 때문에 여전히 걱정이 많을까나. 나는 종종 내 선택에 대해 엄마에게 미안할 때가 많아. 하지만 말야, 우리 집에서 내가 귀한 아들이듯 나 세상 안에 귀한 사람이길 바라. 작은 누나와 나 사이, 세상 빛을 보지 못한 두 명의 누나들과 맞바꾼 삶이 내 것이잖아. 그러니 이 삶엔 빛이 있어야만 해. 엄마의 무한한 사랑을 먹으며 자랐으니, 난 그 사랑을 나누고 싶어. 누군가에게 조그마한 빛이라도 되었으면 하는 마음이야.

새삼스럽지만 요즘 들어 더더욱 느끼는 건데, 낳아줘서 고마워. 진심으로, 내 삶이 너무 애착이 가고 감사해서 도무지 고맙다는 말밖에 못 하겠어.
또한, 내가 너무나도 많이 사랑해. 그러니 아프지 말고 오래도록 건강해 줘.
일평생 받은 사랑 갚을 순 없겠지만, 나 자랑스러운 아들이 되고자 노력할게.

그렇게 살아

말을 해줘도 들어먹질 않으면서
뭐 그리 바라는 게 많고, 뭐 그렇게 해달라는 말이 많은 건데.

지금 현 상황에 대해 최대한 냉정하게 생각해 봐.
야속하고 잔인한 말이지만, 그런다고 달라지는 거 없잖아.

네 자신에게 뭐가 문제인지 네가 잘 안다며.
한두 번이면 말을 안 해.
매번 똑같은 일들의 반복이잖아.
지난번에도 이 문제에 대해 분명히 말했었고.

좋은 말로 해줘도 매번 이런 식이면 어쩔 수가 없어.
그래, 너는 그냥 그렇게 살아.

Q&A

Q

현재 만나는 사람이 너무 좋아요! 헤어지지 않고 계속 잘 만나고 싶은데 어떻게 하는 게 좋을까요?

A

음, 헤어지지 않고 잘 만나는 방법을 생각하는 것보다, 앞으로 닥칠 역경을 함께 이겨나갈 생각을 하는 게 어떨까요. 예를 들어 군입대라든지, 진로에 대한 문제로 한쪽이 기다려 줘야 하는 경우라든지.

정말 사랑해 오래 가고 싶은 마음이라면, 아픈 역경도 같이 이해하며 이겨내는 것도 사랑이라 말해 주고 싶어요. 물론, 말처럼 쉽지 않아 문제이지만요.

어쨌든, 이런 골 아픈 이야기를 회피하기보다는 많은 대화를 나누며 맞닥뜨려야 한다고 생각합니다. 신뢰를 쌓아 오래도록 예쁜 만남 하시기를 바랄게요. 퉤.

Q

1년만 기다려달라 말하더군요. 기다린다고 답했고요. 그 사람, 후에 연락이 올까요.

A

연락이 꼭 올 거라는 대답을 듣길 원하시겠지만, 아쉽게도 제가 드릴 말은 "글쎄요, 그건 그때 가 봐야 아는 것이죠."에요.

지금은 마음이 그럴지 몰라도, 당장 내일 일도 모르는 게 사람 일인데 그때 그 마음이 유효할 거라는 보장은 없는 거잖아요. 냉정하게 말하면, 지금은 그러길 바라고 있는 것뿐인 거죠.

그 시간 동안 그 사람에게만 신경 쓰며 끌려다니지 말고, 본인에게 집중하셨으면 좋겠어요.

편의상 A님이라고 말씀드릴게요. 연락이 오게 되었는데 A님의 마음도 유효하다면, 두 사람 다 더 좋은 사람, 좋은 조건으로 만나면 돼요.

연락이 오지 않는다면, A님은 그동안 좋은 사람이 되었으므로 그때 당시의 그 사람보다 더 좋은 사람 만날 수 있는 거잖아요.

jump on the bandwagon

Jump on the bandwagon, 시류에 편승한다는 말.

작가 비슷한 것을 하고 있다. 감히 작가라고는 말하기 뭐한, 그런 것. 하지만 언젠가 작가라는 이름을 당당하게 쓰고자 하는 욕심이 있는 듯하다.

발에 차일 듯 많은 SNS 글쟁이에 유기글이라는 이름으로 편승했다. 버려진 것처럼 일상에서 지나친 것들을 담는 글이라는 뜻. 3월에 첫 발을 뗐으나 이름 시를 쓰기 바빴고, 다소 장난스러운 글이 많았다. 5월부터 서서히 짧은 글을 썼고, 8월부터 진득하게 글에 빠지기 시작했다. 생각해 보면 그리 길지 않았던 시간.

유기글만의 특별한 것이 있는가를 두고 늘 고민했고, 고민한다. 여전히 미숙한 부분에 머리를 긁적이고 나면, 이것저것 닥치는 대로 글들을 찾아 먹는다. 다 내게 피와 살이 되어 달라며 간절히, 간절히.

올 초에 본 영화 동주는 올해 내가 본 영화 중에서도 손에 꼽음이 틀림없는데, 어디까지나 '영화 안의 캐릭터만을 두고 얘길하자면' 엔딩 크레딧이 올라간 후 내게 각인된 것은 윤동주가 아닌 송몽규였다. 그의 뛰어난 추진력과 도전에 절로 고개를 끄덕였으니.

송몽규가 그러했듯, 나는 내 삶을 쓰는 사람이 되어야겠다.
그러므로 내가 만든 글에 사는 인생은 아니어야겠다.
그러므로 내 경험의 폭을 살찌워 키워야겠고,
그러므로 최대한 내 삶이 아닌 거짓을 쓰지 않으려 해야겠다.

나만의 세상을 담고 싶고, 그 세상이 부디 여럿에게 귀감이 되길 바라는 마음.
나는 그렇게, 오늘도 작가 비슷한 것에 편승한다.

나아졌으면 해서

힘내 우라질 리커버 에디션

초판 1쇄 인쇄 2018년 8월 20일
초판 1쇄 발행 2018년 8월 25일

지은이 강선재
펴낸이 안종남

펴낸 곳 지식인하우스
출판등록 2011년 3월 31일 제 2011-000058호
주소 121-904 서울시 마포구 월드컵북로400(상암동) 문화콘텐츠센터 5층 5호
전화 02)6082-1070
팩스 02)6082-1035
전자우편 jsinbook@naver.com
블로그 blog.naver.com/jsinbook

ISBN 979-11-85959-63-4 03810